KB113849

FANTASTIC ORIENTAL HEROES

임영기 新무협 판타지 소설

등룡기 10

임영기 新무협 판타지 소설

초판 1쇄 찍은 날 § 2014년 10월 27일
초판 1쇄 펴낸 날 § 2014년 11월 3일

지은이 § 임영기
펴낸이 § 서경석

편집부장 § 권태완
편집책임 § 박가연

펴낸곳 § 도서출판 청어람
등록번호 § 제387-1999-000006호
등록일자 § 1999. 5. 31
어람번호 § 제2-2545호

주소 § 경기도 부천시 원미구 부일로 483번길 40 서경B/D 3F (우) 420-822
전화 § 032-656-4452 팩스 § 032-656-4453
http://www.chungeoram.com
E-mail § chungeorambook@daum.net

ISBN 979-11-361-9268-4 04810
ISBN 979-11-5681-982-0 (세트)

FANTASTIC ORIENTAL HEROES

騰龍記

등룡기

임영기 新무협 판타지 소설

10

용연들의 전쟁

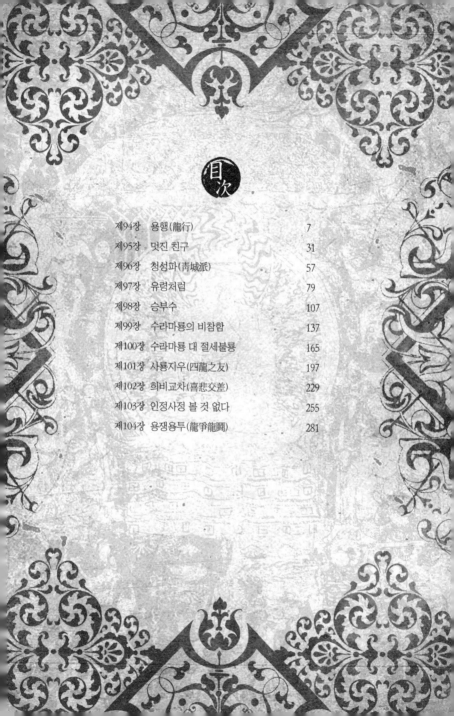

目次

第九十四章

용행(龍行)

절세불룡은 자신과 절세불련이 전 무림(全武林)을 지배한
다고 선포했다.

이를테면 정파와 사파, 마도를 통틀어서 무림 안에 존재하
는 모든 것을 자신의 지배하에 두겠다는 말이다.

그러므로 절세불룡은 호북성 북부지방에 위치한 추혼마교
가 수라마룡으로 인해서 위기에 처한 상황을 좌시할 수 없는
것이다.

*　　　*　　　*

추혼마교는 한수(漢水) 중류 지역인 번성(樊城)이라는 곳에 자리를 잡고 있다.

마도를 강(强), 중(中), 약(弱)으로 나눈다면 추혼마교는 약에 속한다.

그것은 세력이 강하고 약하다는 뜻이 아니라 방파의 마성(魔性)이 약하다는 뜻이다.

말하자면 추혼마교는 큰 분류로 나누었을 때 마도에 속하기는 하지만, 교내(教內)의 규율이 대체적으로 온순하고 타협적이라서 정파나 사파하고도 교류를 하는 데 별다른 무리가 없기 때문이다.

그래서 어떨 때는 추혼마교에 속한 수하들조차도 자신이 마도라는 사실을 잊고 지낼 때가 종종 있다.

번성은 삼천여 리 길이의 큰 강인 한수 전역을 통틀어서 가장 인구가 많고 또 번화한 곳이다.

그곳에서 추혼마교는 여러 분야의 사업을 하고 있으며 잘나가는 커다란 점포를 수십 개나 보유하고 있다.

그런 식으로 사업을 하고 많은 점포를 갖고 있으면 그 지역 사람들하고 밀접한 관계를 유지할 수밖에 없다. 장사의 근본은 인간관계이기 때문이다.

그런데 추혼마교가 마도의 강성을 지니고 있다면 당연히

많은 제약이 따를 것이다. 사람들도 추혼마교하고 거래하는 것을 꺼려할 터이다.

그래서 추혼마교의 마도는 자신들의 필요와 생존을 위해서 약성마도로 점차 전환되어 간 것이고 지금의 형태를 지니게 된 것이다.

번성에는 두 개의 강이 현의 한복판을 지나쳤다가 한수로 흘러드는데, 서쪽의 것이 도단강(刀丹江)이고 동쪽의 것이 백하(白河)다.

도단강은 길이가 백오십여 리로 짧은 반면에 백하는 동쪽에서 북쪽으로 방향을 꺾어 하남성에서부터 여러 줄기가 흘러내리는데 그중에서 가장 긴 강은 칠백여 리에 달하는 것도 있다.

추혼마교의 총교(總敎)는 번성에서 백하를 거슬러 올라 이십여 리쯤에 두 개의 강이 합류하는 지점 쌍구(雙溝)라는 마을에 위치해 있다.

쌍구는 두 개의 강이 합쳐진다는 뜻의 이름이며, 쌍구의 서쪽과 동쪽에서 각각 강이 흘러들어 마을 앞 포구에서 합쳐진다.

이곳의 강은 수량이 풍부하고 강폭이 넓고 수심이 깊을 뿐만 아니라 유속(流速)이 느려서 배를 이용한 수상 교통(水上交通)이 발달해 있다.

쌍구 마을 위쪽 언덕 위에 추혼마교의 웅장한 규모의 총교가 위치해 있으며 이 장의 높은 담이 둘러쳐진 안쪽에 오십여 채의 전각이 자리를 잡고 있다.

이곳은 장원이라기보다는 보(堡)나 채(寨)처럼 산채(山寨)의 형태를 이루고 있다.

한 가지 특이한 점은 쌍구 마을 전체가 추혼마교라는 사실이다. 왜냐하면 쌍구 마을 오백여 호가 모두 추혼마교 수하와 가족들이 살고 있는 집이기 때문이다. 그래서 외지인(外地人)은 한 명도 없다.

멀리 높은 곳에서 내려다본 쌍구 마을은 여느 평화로운 마을과 다름이 없는 듯했다.

"아무도 없는데?"

서쪽 강의 높은 언덕 위에 세 사람이 나란히 서서 저 멀리 강 건너 쌍구 마을을 굽어보고 있으며, 그중에 주천강이 두 손바닥을 펼쳐서 눈 위에 대고 그늘을 만들어 쌍구 마을을 자세히 살피면서 말했다.

"마을이 텅 비었어."

이곳 언덕에서 쌍구 마을까진 족히 오 리가 넘는 거리인데도 주천강은 앞마당을 보는 듯했다.

셋 중에 가운데 서 있는 도무탄은 눈에 힘을 주고 마을 위쪽의 추혼마교를 주시하는데 높은 담에 막혀서 안쪽이 전혀 보이지 않았다.

이들이 서 있는 언덕과 추혼마교가 위치한 언덕이 비슷한 높이기 때문이다. 그는 답답한 듯 중얼거렸다.

"추혼마교는 보이지 않는군. 추혼마교를 포위했다는 절세 불런 고수들도 전혀 보이지 않아."

"추혼마교 역시 텅 비었다."

도무탄은 불쑥 말하는 소연풍을 쳐다보았다.

"비었다고? 다들 어디 간 거지?"

그의 물음에 소연풍도 주천강도 대답하지 못했다.

이들이 파양현을 떠나 이곳까지 오는 데 닷새가 걸렸다. 한시도 쉬지 않았으며 오는 도중에 준마를 이십여 필이나 바꿔 타야만 했었다.

모르긴 해도 그 먼 거리를 닷새 만에 주파한 사람은 이들이 최초일 것이다.

그처럼 빨리 달려왔다고 해도 닷새 정도면 모든 상황이 끝나 버리기에는 충분한 시일이다.

절세불런 오천여 고수가 수라마룡과 그의 수하들을 공격해서 이미 모두 죽였다면 도무탄 등은 여기까지 헛걸음을 한 꼴이다.

그렇지만 세 사람은 수라마룡이 그렇게 간단하게 죽었을

리가 없을 것이라는 데 일말의 기대를 걸고 있다.

절세불련의 영능과 오천여 고수의 공격이라면 십중팔구 수라마룡이 버틸 수 없었을 텐데도 도무탄 등은 나머지 일 할을 기대하고 있는 것이다.

"개방 번성분타에 잠시 들렀다가 자세한 얘기를 듣고 오는 것인데……."

도무탄은 뒤늦은 후회를 했다. 워낙 화급을 다투는 일이라서 개방 번성분타에 들러 사태가 어떻게 돌아가고 있는지 미리 알아보는 것조차 지나쳐 버린 것이다.

이곳에 도착하기만 하면 뭐든지 한눈에 알 수 있을 것이라고 예상했기 때문이다.

"지금이라도 개방 번성분타에 가보자."

"잠깐 생각 좀 해보고."

소연풍의 제안을 도무탄이 가로막았다.

"마을이 조금도 부서지지 않고 멀쩡한 것에 대해서는 어떻게 생각하나?"

잠시 후에 도무탄은 강 건너 쌍구 마을을 가리켰다. 그의 말처럼 마을은 사람이 한 명도 보이지 않을 뿐이지 집이 파손되거나 싸웠던 흔적이 전혀 발견되지 않았다.

절세불련과 수라마룡이 부딪쳤다면 싸움이 아직까지 벌어지지 않았을 리가 없다.

그런데도 추혼마교를 포위하고 있을 절세불련의 고수조차 한 명도 보이지 않았다.

소연풍은 뛰어난 청각을 이용했음에도 추혼마교 내에서 아무런 소리도 감지하지 못했다. 즉 추혼마교 안이 텅 비었다는 것이다.

쌍구 마을과 추혼마교에 사람이 한 명도 없으며 싸움이 벌어지지도 않았다는 것은 과연 무엇을 의미하는 것인가.

"수라마룡은 도망친 것 같군."

도무탄이 그렇게 말하려고 하는데 주천강이 먼저 중얼거렸다. 그 역시 같은 생각을 한 것이다.

그러더니 그는 추혼마교 동쪽에 웅장하게 펼쳐져 있는 거대한 산을 한동안 뚫어지게 주시했다.

도무탄은 곰곰이 생각을 해봐도 수라마룡이 수하들을 이끌고 도주했으며 절세불련의 고수들이 그 뒤를 추격했을 것이라는 결론에 도달했다.

그래야지만 쌍구 마을과 추혼마교가 텅 비고 싸움의 흔적이 없는 사실을 설명할 수가 있다.

주천강은 산에서 시선을 떼지 않으며 말했다.

"수라마룡이 수하들을 이끌고 도주할 곳은 저기 저 산밖에는 없는 것 같네."

"저긴 대홍산(大洪山)의 북서쪽 끝자락이야."

천하 곳곳 가보지 않은 곳이 없는 소연풍이 말했다.

대홍산은 높거나 험하지는 않지만 번성에서부터 동남쪽으로 칠백여 리나 거대하게 뻗어 있는 거산(巨山)이다. 오죽하면 산 이름을 큰 '대'에 넓을 '홍'인 '대홍(大洪)'이라고 지었겠는가.

소연풍은 도무탄을 보며 물었다.

"수라마룡을 도와야 한다는 자네 생각은 지금도 변함이 없는 건가?"

"그렇네."

"그런다고 수라마룡이 고맙게 생각해서 자네 요구를 들어줄 거라는 보장은 없어."

소연풍은 '자네 요구'라고 말했다. 즉, 수라마룡이 무림을 도모하려고 하는 야심을 그만두게 하는 것이 여기 있는 세 사람의 뜻이 아니라 도무탄 개인의 요구라는 것이다.

"나도 아네."

도무탄은 진지한 표정을 지었다.

"그렇지만 절세불련이, 아니, 영능이 수라마룡을 죽이도록 지켜보고만 있을 수는 없네."

소연풍은 얼굴이 돌처럼 굳었다.

"잘 생각해야 하네. 지금 자네가 하는 결정이 두고두고 천추의 한이 될 수도 있을 테니까."

그는 과묵한 사람이지만 일단 말을 하게 되면 심장에 콕콕 꽂히는 말만 한다.

"적(敵)의 적은 친구라는 말이 있지만, 그럴 경우는 그리 흔치 않네. 일반적으로 적의 적은 그냥 적일 뿐인 경우가 다반사야."

소연풍의 말이 옳다. '적의 적은 친구' 라는 그럴싸한 논리는 뭔가 멋들어진 말을 만들기 좋아하는 수다쟁이들이 주둥이로 나불거리는 것일 뿐이다.

실제 피와 살점이 튀고 걸어가는 한 걸음 앞에 놓여 있는 것이 죽음인지 삶인지조차 추호도 알지 못하는 무림 한가운데에서는 '적의 적은 역시 적이다' 라는 논리가 지배적으로 적용된다.

만약 도무탄이 지금 하려는 일이 일대의 모험이고, 결과적으로 그의 뜻대로 풀리지 않는다면 그것은 무림에 엄청난 재앙이 될 것이다.

수라마룡이라는 마황(魔皇)의 생이 이곳에서 끝나는 것과 다시 부활하는 것은 엄청난 차이가 있을 것이기 때문이다.

"자네 말이 맞을지도 모르네."

도무탄은 고개를 끄떡이고 나서 강한 의지를 떠올렸다.

"그렇지만 내가 지금의 수라마룡 같은 상황에 처해 있다면, 그래서 누군가의 도움을 받아 구사일생 살아난다면, 절대로 그 은혜를 잊지 않을 거야."

"그건 도무탄 자네지. 그자는 자네와 다르네."

"연풍 자네는 어떤가?"

"뭐가? 내가 수라마룡이라면 말인가?"

"그래. 자네가 누군가의 도움으로 지금 같은 위험에서 벗어났다면 모른 체할 텐가?"

"알면서 묻나?"

소연풍은 불쾌하다는 듯 슬쩍 인상을 썼다.

도무탄은 그가 절대로 은혜를 외면할 사람이 아니라는 사실을 누구보다도 잘 알고 있다. 지금까지 그의 행동을 보면 그것을 잘 알 수 있다,

"자넨?"

"나?"

도무탄이 이번에는 주천강에게 물었다.

"일전에 내가 무정혈살대의 공격으로 절체절명의 위기에 처했던 적이 있었네. 그때가 여태껏 내가 겪었던 상황 중에서 가장 최악이었지."

주천강은 무정혈살대의 끝없는 추적을 받고 있으므로 지금껏 여러 차례 위험에 처했었다.

"그때 생면부지의 연풍이 지나가다가 날 발견하고 구해주었네. 이유는 간단했네. 다수가 한 명을 공격하는 것이 정정

당당하지 못하다는 것이었네. 어쨌든 이후 나는 연풍이 부르면 어디든지 달려가네."

이번에도 주천강은 소연풍의 부름을 받고 주저 없이 파양현으로 달려와 주었다.

소연풍은 도무탄에게 큰 은혜를 받은 적이 없었다. 다만 도무탄에게 천하무쌍검 중에 한 자루인 칠성검을 친구가 된 기념으로 받은 적이 있었다.

그것은 단지 고마워할 일이지 은혜를 갚을 정도는 아니다. 그래도 그는 도무탄의 일이라면 지옥에라도 뛰어들 것처럼 행동하고 있다. 왜냐면 도무탄이 친구이기 때문이다.

"들었지?"

"알았어. 자네 뜻대로 하게."

도무탄이 이래도 내 뜻을 꺾을 테냐는 듯 쳐다보자 소연풍은 성가신 듯 손을 저었다.

그는 자신의 뜻이 관철되지 않거나 대화가 길어지는 것을 못 견뎌하는 성격이다.

도무탄은 번성현을 향해서 비류행의 유행을 전개하여 최고 속도로 달렸다.

그런데 가는 도중에 관도 전방의 아득한 곳에서 마주 달려오는 한 명의 거지를 발견했다.

수백 장의 먼 거리이므로 거지는 도무탄을 발견하지 못했으나 그는 거지가 경공술을 전개하는 것으로 미루어 개방 제자일 것이라고 판단했다.

도무탄은 한 차례 호흡할 짧은 시각에 거지의 십여 장 앞까지 쇄도했다.

거지는 무언가 노릇노릇한 물체가 신기루처럼 아득한 곳에서 어른거리더니 삽시간에 눈앞으로 들이닥치자 혼비백산하여 그 자리에 엉덩방아를 찧었다.

"으아아—"

쿵!

황의 경장을 입어서 노릇노릇하게 보였던 도무탄은 거지 앞에 우뚝 서서 다짜고짜 물었다.

"개방 제자요?"

"으으… 누구십니까?"

거지는 놀라움이 가시지 않아 사색이 된 얼굴로 겨우 더듬거렸다.

"도무탄이오."

"아……."

거지는 눈을 껌뻑거리면서 잠시 도무탄을 쳐다보다가 불현듯 정신을 퍼뜩 차리고 퉁기듯 일어나며 자신도 놀랄 만큼 큰소리로 외쳤다.

"정말 등룡신권 도 대협이십니까?"

그리고는 제 외침이 너무 큰 바람에 놀라서 움찔 몸을 떨며 급히 주위를 둘러보다가 갑자기 관도 옆의 우거진 숲으로 뛰어들었다.

"이리 들어오십시오."

관도에서도 오십여 장쯤이나 깊숙이 숲 안으로 들어온 거지는 그래도 안심이 되지 않는 듯 한동안 관도 쪽을 경계하다가 비로소 도무탄을 보면서 아직 진정되지 않은 목소리로 말문을 열었다.

"절세불련 고수들이 이곳으로 더 몰려들고 있다는 겁니다. 적게 잡아 오천 명이 더 온답니다."

거지 개방 제자가 도무탄을 보자마자 황급히 숲 속으로 이끌고 들어온 이유가 그것이었다.

관도에 서 있다가 절세불련 고수들 눈에 띄기라도 하면 난리가 날 것이다.

그들은 수라마룡을 죽이러 왔다가 등룡신권을 죽이려고 날뛸 것이 분명하다.

"그럼 도합 만 명이란 말이오?"

"그렇습니다."

개방 제자는 새삼스러운 표정으로 도무탄의 모습을 조심

스레 살피면서 말을 이었다.

"파양분타의 전서구를 받고서 줄곧 도 대협을 기다리고 있었습니다만……."

"깜빡했소. 미안하오."

도무탄이 실제로 고개까지 숙여 보이며 사과하자 개방 제자는 펄쩍 뛰면서 놀랐다.

"어이구! 이러지 마십시오……."

"수라마룡은 어찌 된 것이오?"

도무탄은 가장 궁금하게 여기던 것부터 단도직입적으로 물었다.

"절세불련의 공격이 시작되기 전에 수하들을 이끌고 대홍산으로 도주했습니다."

과연 도무탄과 주천강이 추측한 그대로다.

"그리고 절세불룡이 직접 절세불련의 고수들을 이끌고 추격을 개시했습니다."

"그게 언제 일이었소?"

"나흘 전입니다."

개방 제자는 울창한 이곳 숲에서는 보이지 않는 대홍산 방향으로 시선을 주었다.

"우리 개방 번성분타의 형제 네 명이 각기 두 명씩 수라마룡과 절세불련을 미행하고 있습니다. 도 대협께 안내하기 위

해서인데 아마 특정 장소에 노부를 남겼을 것입니다. 도 대협
께선 그것을 따라가시면 됩니다."

수라마룡과 절세불련을 미행하는 일은 목숨을 내놓은 위
험천만한 행동이다.

개방이 도무탄을 위해서 그렇게까지 위험을 감수하다니
미안한 마음이 들었다.

"그런 위험한 일을 하게 해서 미안하오."

개방 제자는 강하게 고개를 가로저었다.

"아닙니다. 저희 같은 무명소졸들이 이렇게라도 미력이나
마 무림 정의를 위할 수 있어서 다행입니다."

그의 얼굴이 해맑게 빛나 보였다. 올바른 마음을 지니고 있
는 사람만이 지닐 수 있는 표정이다.

개방 제자의 힘있는 말을 듣고 도무탄은 한 가지 큰 깨달음
을 얻었다.

개방이 노력하는 것은 도무탄 개인을 위해서가 아니라 무
림 정의를 위해서라는 사실이고, 이런 사람이 무림에는 많을
것이라는 사실이다.

그렇다면 무림의 미래는 밝다. 그 덕분에 도무탄은 부쩍 힘
이 솟아 상쾌한 목소리로 물었다.

"수라마룡을 추격하는 절세불련의 고수는 어떤 자들로 구
성되었소?"

"선발대로 추격하고 있는 무리는 절세불룡 영능이 직접 이끄는 소림 고수들과 무당파, 화산파, 아미파, 종남파 장문인들이 이끄는 각 파의 고수 각 이백 명씩, 그리고 호북 일대와 하남 일대의 절세불련 휘하 삼십여 개 방, 문파에서 동원된 일급 이상의 고수들입니다."

예전부터 무당파와 화산파, 아미파, 종남파는 소림사하고는 서로 입술과 이빨이 돕는 것처럼 순치보거(脣齒輔車)하는 밀접한 관계였었다. 그러니 지금이라고 달라지지는 않았을 터이다.

영능이 이 정도로 짜임새 있는, 그리고 다수의 추격대를 형성했다면 즉흥적으로 수라마룡을 상대하는 것이 아니라 사전에 치밀하게 계획을 짰다는 얘기다. 또한 그만큼 수라마룡을 제거하고 싶었다는 뜻이기도 하다.

"그렇다면 지금 합류하는 오천여 명은 어느 문파요?"

"다소 먼 거리에 있는 청성파(靑城派)와 점창파(點蒼派), 곤륜파(崑崙派), 공동파(崆峒派)의 장문인들과 고수들이 주축이 되어 자신들 지역의 방, 문파 고수들을 이끌고 온 것으로 연락을 받았습니다."

"음."

도무탄은 낮은 신음을 흘리며 미간을 좁혔다. 방금 개방 제자가 말한 청성, 점창, 곤륜, 공동파 네 개 파는 예전에 소림사에 항거했다가 강제로 장문인들이 교체당하는 뼈아픈 상처를 지니고 있다.

이곳 번성에서 가깝게는 이천여 리의 점창파나 멀게는 팔천여 리가 님는 곳의 곤륜파까지 불러들인 것을 보면 영능은 이번 기회에 수라마룡을 죽이고 마도의 예봉(銳鋒)을 꺾으려는 것이 분명하다.

도무탄은 대홍산의 가파른 산비탈을 최대한 빠른 속도로 질주하고 있다.

그는 두 시진 전에 개방 번성분타에 가기 위해서 소연풍, 주천강하고 헤어졌었다.

도무탄이 번성분타에 다녀오는 동안 소연풍과 주천강은 각기 흩어져서 수라마룡과 절세불련의 흔적을 찾아보고 어느 특정한 장소에서 만나기로 미리 정해두었다.

하지만 두 사람은 헛수고를 하고 있는 것 같다. 개방 번성분타 소속 개방 제자 네 명이 두 명씩 수라마룡과 절세불련을 미행하면서 특수한 노부를 남긴다고 했으니까 그것만 찾아내면 되는 것이다.

쌍구 마을을 출발한 도무탄은 동쪽의 대홍산에서 흘러내리는 물줄기인 화양하(華陽河)를 따라서 경공술을 전개하여 거슬러 오르고 있는 중이다.

천하 구석구석 모르는 곳이 없는 소연풍에 의하면 쌍구 마을에서 화양하를 사십여 리쯤 거슬러 오르다 보면 강이 동북과 동남 두 줄기로 갈라지는 곳이 나오는데 그곳 두물머리에서 만나기로 했다.

도무탄은 천만 다행스럽게도 쌍구 마을에서 화양하를 따라서 오 리쯤 거슬러 오른 지점의 어느 나무에서 개방 제자가 남긴 노부를 발견했다.

노부를 풀이하니까 수라마룡은 나흘 전에 이 지점에서 동북쪽으로 향했으며 절세불련이 이백여 리의 거리를 두고 맹추격 중이라고 했다.

또한 수라마룡은 오백여 명의 마도 고수를 거느리고 있다는데, 그중에 수라전 고수, 즉 수라귀수가 삼백 명이고 이백 명은 강서성의 마도 방, 문파 고수라고 한다.

수라마룡은 무당파와 소림사가 가까운 호북성 북부지방이라고 해도 자신이 마도인 추혼마교를 정벌하려는 것을 절세불룡이 묵인할 것이라고 안심한 모양이다.

절세불룡이 이런 식으로 나올 것이라고 예상했었으면 수라마룡은 절대 여기까지 먼 길을 오지는 않았을 것이다. 결국 그는 큰 시행착오를 저질렀으며 그 대가를 톡톡히 치르고 있는 중이다.

두 친구와 만나기로 약속한 장소인 화양하가 두 갈래로 갈라지는 두물머리 지점에는 뜻밖에도 주천강 혼자 도무탄을 기다리고 있었다.

"연풍은 저쪽으로 갔어. 많은 인원이 몰려간 흔적을 발견했기 때문이야. 나더러 무단 사네를 데리고 뒤따라오라더군."

주천강이 가리킨 방향은 두 갈래 화양하 중에 동북쪽인 사하(沙河)다.

주천강은 고개를 절레절레 가로저었다.

"아니, 흔적 같은 건 어쨌든 상관없네. 연풍은 누굴 기다리는 것을 딱 싫어하니까 흔적이 없었다면 뭐라도 핑계를 삼아서 훌쩍 가버렸을 거야."

"연풍의 못된 쏘가지에 대해서는 익히 알고 있네."

도무탄은 빙그레 미소 지었다.

"저쪽은 어딘가?"

산서성 바깥세상의 지리에 대해서는 잘 모르는 그는 소연풍이 갔다는 방향을 가리켰다.

주천강은 주위를 한 차례 둘러보고 태양의 위치를 확인하고 나서 신중한 표정으로 대답했다.

"저쪽으로 백여 리만 가면 하남성으로 들어가고 오십여 리더 가면 동백산(桐柏山)이 나오네."

"동백산?"

주천강은 이곳에 와본 적은 없지만 머릿속에 저장되어 있는 수많은 지식 중에서 이곳 지리에 대하여 끄집어내서 자세히 설명을 했다.

"호북성과 하남성의 경계에 동백산이 있는데 그곳에서 발원한 물줄기가 동쪽으로 흘러내려 회하(淮河)가 되어 하남성 남부지방과 안휘성, 강소성을 가로질러 동해로 흘러들지. 그리고 동백산의 동남쪽은 저 유명한 회양산(淮陽山)으로 이어지네."

"회양산의 끝은 어딘가?"

주천강은 청산유수 막힘이 없다.

"회양산은 대별산(大別山)으로 이어지고 다시 천주산(天柱山), 잠산(潛山)으로 이어져서 마침내 장강에 이르네."

도무탄은 턱을 쓰다듬으며 생각하는 얼굴로 중얼거렸다.

"흠, 그렇다면 이곳에서 장강까지 줄곧 산으로 이어져 있다는 거로군."

"그렇지."

주천강의 풍부한 지식과 도무탄의 반짝이는 상상력이 빛을 발했다.

"음, 수라마룡은 줄곧 산을 이용하여 도주해서 장강까지 갈 생각인 것 같군."

"그런가?"

"산이라면 도주가 용이하고 싸움이 벌어졌을 때 지형지물을 잘 이용하면 적은 수로도 큰 효과를 볼 수 있겠지. 그러니까 수라마룡은 도주를 하는 동안 무슨 일이 있어도 산을 벗어나진 않을 거야."

"산에 대해서 잘 아는 사람이라면 그렇겠지."

도무탄은 확신하듯 말했다.

"수라마룡은 산에 대해서 잘 알고 있을 거야. 지금 그의 행보가 그것을 입증하고 있네."

주천강은 고개를 끄떡였다.

"일단 움직이지. 연풍이 표식을 남기기로 했으니까 그걸 쫓아가자고."

"어떤 표식인가?"

"은백양목(銀白楊木)에 표식을 하겠다고 말했는데 보면 알 거라더군."

第九十五章

멋진 친구

도무탄과 주천강은 소연풍이나 개방 제자가 남길 거라던 표식을 구태여 찾을 필요가 없었다.

　절세불련 고수들이 수라마룡과 마도 고수들을 추격하면서 산을 온통 쑥대밭으로 만들어놓았기 때문에 그것만 따라가면 될 일이다.

　영능이 이끄는 오천여 명의 고수는 추격을 하는 상황이라서 흔적이 남는 것에 대해서는 추호도 신경을 쓰지 않는 것 같았다.

　개방 제자들은 바위에, 그리고 소연풍은 은백양목에 표식을 남기겠다고 했는데, 이따금 바위에서 개방 제자들의 표식을 발견했으나 은백양목에는 아무런 표식도 없었다.

절세불련 고수들이 추격을 하면서 남긴 너무도 뚜렷한 흔적이 있기 때문에 소연풍은 일부러 표식을 남기려고 하지 않은 듯했다.

원래 도주와 추격은 둘 다 어려운 일이다. 도주는 어떻게 해서든지 흔적을 남기지 않아야 하는 것이고, 추격은 무슨 수를 써서라도 흔적을 찾아내야 하기 때문에 어렵고 또 더딜 수밖에 없다.

그래서 하루에 이백 리 이상 너끈하게 달릴 수 있는 고수들이라고 해도 더구나 산속이기 때문에 이동이 느려져서 하루 종일 부지런히 움직인다고 해도 오십여 리를 가면 잘 간다고 할 수 있다.

도무탄과 주천강은 절세의 경공술로 하루에 족히 오백여 리를 갈 수 있다.

이들 두 사람은 눈에 뚜렷하게 보이는 여러 흔적을 따라서 경공술을 전개하기만 하면 되기 때문에 행운유수처럼 산속을 달렸다.

숲 위로 솟구쳐서 아주 약한 미풍이라도 타고 독수리처럼 날아가는 어풍비행(馭風飛行)을 전개할 수도 있지만, 그러면 멀리에서도 이들의 모습을 발견할 것이라서 숲 속으로만 달리고 있는 중이다.

휘이이―

주천강은 마치 한 마리 날쌘 표범처럼 울창한 숲 속의 나무들과 바위들을 요리조리 피하면서 쏘아가고 있다. 일직선 저돌적으로 쏘아가다가 나무나 바위와 부딪치기 직전에 방향을 꺾는데 보는 사람이 다 아슬아슬해서 가슴을 조이게 만들었다.

반면에 도무탄은 바람에 날리는 하나의 풀잎처럼 가볍고도 경쾌한 경공술을 전개했다.

달리다가 장애물이 나타나면 마치 장애물이 그를 가볍게 밀어내는 듯했다.

"무탄, 훌륭한 신법인데? 어떤 수법이야?"

나무가 없는 야트막한 산비탈이 나오자 나란히 달리면서 주천강이 감탄하는 얼굴로 물었다.

"비류행이라는 경공술이야."

주천강은 의아한 표정을 지었다.

"처음 들어보는 경공인데? 내가 모르는 경공이 있다니……."

도무탄은 빙그레 미소 지었다.

"설마 자네가 천하의 경공술을 다 알고 있다는 말인가?"

"아마 그럴걸?"

도무탄은 놀라면서 어이없는 얼굴로 주천강을 쳐다보았다.

"무슨 소리야?"

주천강은 빙그레 미소 지었다.

"내가 무정혈살대에 쫓기는 사 년여 동안에 강해졌다는 사실을 알고 있나?"

"그런 유명한 사실을 모르는 사람이 있겠나?"

"내가 어째서 사 년이라는 짧은 기간 동안에 그처럼 고강해질 수 있었을 것 같은가?"

도무탄은 거기에 대해서는 생각해 본 적이 없었다. 그렇지만 주천강이 무조건 쫓기기만 하면서 저절로 강해졌을 리는 없을 터이다. 그런 생각을 하자 번뜩 떠오르는 것이 있다.

"혹시……."

"천하의 무공들을 두루 외우고 있었던 덕분에 사 년여 동안 쫓기면서 그때그때 필요한 무공을 연마했기 때문이냐고 말하려는 것이라면 정확하게 맞추었네."

"그래. 정말 그랬었나?"

"정확하게 맞췄다고 했잖은가."

주천강이 천하의 무공들을 두루 외우고 있었다는 사실이 경이롭기만 하다. 하지만 그건 그렇다 치고 도무탄은 또 하나의 의문이 생겼다.

"그렇지만 공력은 어떻게 했지?"

무공이란 본디 초식과 공력이 하나가 되어야만 발휘할 수가 있다.

"원래 지니고 있었네."

"원래?"

주천강은 빙그레 미소 지었다.

"나는 어렸을 때부터 보통 사람이라면 상상도 하지 못할 별별 기상천외한 방법으로 공력을 차곡차곡 체내에 축적시켰었네."

도무탄은 점점 더 의아한 표정을 지었다.

"무엇 때문에 그런 것인가?"

"나를 각별하게 사랑하시는 부모님과 주위 사람들은 내가 무병장수하기를 원하셨네. 그러는 가장 좋은 방법이 심후한 공력을 체내에 지니고 탁월한 심법을 익히는 것이라고 결정하셨지."

"호오……."

"그래서 나는 겨우 네 살 때부터 심법을 익혔으며 천하에 다시없을 수많은 영약과 영물을 복용하는 것은 물론이고, 무림기인들로부터 공력을 직접 주입받는 등 여러 방법으로 차곡차곡 공력을 축적했었네."

"그랬었군."

가파른 산비탈이 끝나자 낭떠러지가 나타나 두 사람은 낭떠러지 끝에서 신형을 멈추었다.

아래를 굽어보니 까마득한 백여 장 깊이인데 맞은편에 이쪽보다 조금 더 높은 절벽이 있다.

말하자면 이곳은 계곡이며 거리는 오십여 장에 이르고 맞은편 절벽은 십여 장쯤 더 높았다.

두 사람은 낭떠러지 끝에 나란히 서서 맞은편 절벽을 응시하며 나름대로 어떻게 건널지 눈대중을 했다.

"그런데 무탄 자네의 비류행이라는 경공은 정말 대단한 것 같네. 전혀 힘이 들어가지 않고 산책하는 것 같지 않은가? 내가 보기에 권혼은 아닌 것 같은데, 누구에게 배웠는지 가르쳐 줄 텐가?"

"하아······."

도무탄은 권혼이라는 이름부터 바로잡아야겠다고 생각하고 말을 꺼냈다.

"세상 사람들이 권혼이라고 알고 있는 것은 원래 용권이라고 하네."

"용권? 그런 이름 역시 처음 들어보네."

주천강은 흥미로운 표정을 지었다. 도무탄이 지금껏 지켜본 주천강은 뭔가 새로운 사실을 아는 것에 대해서 몹시 좋아하는 것 같았다.

"용권은 중원의 무공이 아닐세. 고구려의 권법이지."

"오오… 고구려라고?"

주천강의 휘발성이 강한 호기심에 불이 확 당겨졌다.

"말해주게. 용권은 대체 어떤 권법인가?"

도무탄은 그의 그런 점이 마음에 들었다. 그래서 자신이 최초로 권혼을 접했던 과정과 사부를 만나게 된 일들을 간략하게 그러나 일목요연하게 설명해 주었다.

"아아……."

일각에 걸쳐서 설명을 듣고 난 주천강은 마치 맛있는 요리를 잔뜩 먹어서 기분 좋은 포만감을 느끼는 것 같은 표정으로 탄성을 금치 못했다.

호기심과 흥미가 동시에 충족됐기 때문이다. 그렇지만 곧이어 걷잡을 수 없는 분노를 느꼈다.

"소림사는 정말 자네 사부에게 천인공노할 짓을 저질렀군. 아니, 사부에게만이 아니라 삼백여 년 동안 그를 기다린 태왕가의 고구려 유민들은 지옥 같은 삶을 살았겠어. 소림사는 절대로 용서할 수 없는 존재야."

주천강은 분노로 주먹을 힘껏 움켜쥐었다.

"그런 썩어빠진 소림사라면 영원히 사라지게 하든지 뿌리부터 싹 바꿔 버려야 하네."

"고맙네."

도무탄은 주천강의 분노에 괜히 가슴이 훈훈해졌다.

방금까지 분노로 씨근거리던 주천강은 금세 고개를 갸웃거리며 이해할 수 없다는 표정을 지었다.

"그런데 비류행이라는 도둑의 경공술이 이처럼 대단하다니 믿어지지가 않네."

"세상에는 믿어지지 않는 일이 많다네."

"그거 나 가르쳐 주면 안 되겠나?"

주천강은 짐짓 탐욕스런 표정을 지었다.

"뭐, 비류행?"

"그래."

"그거야 어렵지 않은 일이지. 자네가 원한다면 틈나는 대로 가르쳐 주겠네."

주천강은 도무탄의 손을 덥석 잡고 그가 미안하게 생각할 정도로 고마워했다.

"고맙네. 정말 고마워. 이 은혜는 잊지 않겠네."

그는 자신이 뭔가 진실로 배우고 싶은 것이 있으면 물불 가리지 않고 덤벼드는 성격인 듯했다.

한바탕 수선스러움이 지나간 후에 문득 도무탄은 주천강의 신분이 궁금했다.

소연풍은 파양현 적화루에서 예상하지도 않았던 사촌형제들, 즉 소운설과 소효령, 소당림을 극적으로 만나는 바람에 그의 과거와 신세에 대해서 알게 되었다.

하지만 주천강의 신분에 대해서는 알 기회가 없었다. 이제 도무탄과 친구가 되었으니까 그의 신분을 궁금하게 여기는 것은 당연한 일이 아니겠는가. 그리고 지금은 그의 신분을 묻기에 자연스러운 분위기다.

천하의 무공을 거의 다 섭렵했으며 네 살 때부터 심법을 배웠으며 별별 신기한 방법을 죄다 동원하여 공력을 축적했다는 것이나, 도대체 그를 죽이려고 쫓는 자가 누구기에 무정혈살대에 엄청난 거액을 주고 청부를 한 것인지 몹시 궁금했다.

"천강, 자넨 누군가?"

"나?"

주천강은 도무탄이 무엇을 묻는 것인지 즉시 알아차렸다. 그리고 도무탄이 그렇게 물을 것이라고 이미 짐작하고 있었던 것 같았다. 조금도 놀라거나 당황하지 않는 모습이 그걸 증명했다. 그는 잠시 조용히 있다가 가라앉은 목소리로 입을 열었다.

"한 가지 약속해 주게."

"뭔가?"

"설혹 내가 누구더라도 여태까지 그랬던 것처럼 똑같이 나를 대해줄 수 있겠나?"

"그야 물론이지."

도무탄은 주천강의 가문이나 일족(一族)이 천하의 손가락질을 받거나 원한에 얽매여 있든지, 어쩌면 역적의 후손이라서 쫓기고 있는 것인지도 모른다고 생각했다.

설령 그렇다고 해도 그는 절대로 주천강을 모른 체하지 않고 예전하고 똑같이 대할 자신이 있었다.

주천강은 맞은편 절벽 위쪽의 아스라한 창공을 바라보면서 무언가를 그리워하듯 조용히 중얼거렸다.

"나는 대명제국의 태자 정현(正賢)이다."

"……."

말문이 딱 막힌 도무탄의 정직한 반응은 '이 친구가 지금 장난하고 있나?' 라는 표정이다.

그럴 수밖에 없는 게 그로서는 눈곱만큼도 예상하지 않았고 또 믿어지지 않는 말인 것이다.

주천강이 당금 대명제국의 태자라니, 지금 이런 상황에서 그런 말을 누가 믿겠는가.

"장난하지 말고……."

"장난 아닐세."

"……."

도무탄은 주천강의 얼굴이 진지하고 또 누군가를 몹시 그리워하는 표정인 것을 보고는 그가 장난하는 것이 아니라는 사실을 깨달았다.

장난이 아니라면, 그렇다면 그는 정말로 대명제국의 정현 태자라는 것이다.

아주 짧은 시간 도무탄의 머릿속에 수만 가지 생각이 미친 듯이 교차했다.

그리고 그것들이 차례로 빠르게 정리되었다. 우선 그의 이름이 주천강이라는 것이 가장 주목할 만한 점이다.

성이 주(朱), 당금 황제와 성이 같다.

그리고 네 살 때부터 온갖 영약과 영물들을 복용했으며 특수한 심법을 배웠다는 점, 부모와 측근들이 그가 건강하게 무병장수하기를 원했다는 사실, 마지막으로 그가 천하의 무공을 총망라하여 독파하고 있다는 사실들 역시 간과해서는 안 될 대목이다.

"맙소사……."

도무탄은 약간 비틀거리면서 뒤로 몇 걸음 물러났다. 주천강이 대명제국의 정현태자라면 그에게서 멀찍이 떨어져 예를 갖추는 것이 대명제국의 백성으로서의 도리다. 지금 이 순간 도무탄은 그가 태자라고 믿고 있다. 그러므로 반사적으로 그렇게 해야 한다는 생각이 들었다.

"잊지 않았겠지?"

도무탄이 무릎을 꿇으려고 하는데 주천강은 뒤돌아보지 않은 채 조용히 말했다.

"내가 누구라고 해도 여태까지처럼 똑같이 대해주겠다고
했던 말."

도무탄은 무릎을 조금 꺾은 자세에서 굳어버렸고 얼굴은
복잡하게 일그러졌다.

"하오나……."

"백성들은 무엇이든지 열심히 노력하면 자신이 원하는 것
이 될 수 있지."

도무탄은 주천강의 넓은 등이 문득 쓸쓸하게 보였으며 목
소리는 더욱 쓸쓸하게 들렸다.

"그러나 나는 아무리 노력을 해도 될 수 없는 것과 가질 수
없는 것이 딱 하나 있었네."

도무탄은 이런 상황에서는 어떻게 말을 해야 할지 몰라서
그저 잠자코 듣고만 있었다.

"누군가의 친구가 될 수 없었고… 또 친구를 가질 수 없었
어. 그게 가장 괴로웠었지. 그런데 무림에 나와서 가장 좋았
던 것은 친구가 몇 명 생겼다는 사실이네."

주천강의 진심 어린 고백이 도무탄의 가슴속으로 꽂히는
것처럼 이입(移入)되었다.

그가 황궁에서 태자의 신분이었다면 진실한 친구가 없었
을 것이다.

친구라고 입에 발린 아첨을 떠는 자들은 그의 주위에 구름

처럼 많았을 터이다.

그러나 그가 가슴속 깊이 친구라고 여길 만한 친구는 한 명도 없었을 게다. 그래서 이처럼 친구에 갈증을 느끼고 것이다.

도무탄은 주천강의 마음을 충분히 알고도 남음이 있기에 꿀꺽 마른침을 삼켰다.

그러나 도무탄이 제아무리 철석간담을 지녔다고 해도 상대는 대명제국의 태자다. 그는 이런 상황은커녕 비슷한 상황조차도 겪어본 적이 없다.

주천강은 침묵을 지키고 있다. 침묵으로 대답을 강요하고 있다는 사실을 도무탄은 깨달았다.

이제는 도무탄이 무슨 말이든 행동이든 해야 할 차례라서 스스로 용기를 주기 위하여 아랫배에 불끈 힘을 주며 입을 열었다.

"한 번 친구는……."

뽕—

그런데 너무 긴장해서 아랫배에 지나치게 힘을 주다 보니까 예상치 않았던 방귀가 새어 나왔다. 그것은 그로서는 추호도 예상하지 못했던 불상사다.

하지만 한 번 뱉은 말을 중간에서 그치면 어색한 상황이 될 것 같아서 주천강에게 천천히 걸어가서 한 팔을 그의 어깨에

걸쳤다.

척!

"죽을 때까지 친구일세."

멋지고 훌륭한 말이다. 그리고 그 좋은 말을 칭찬이라도 하는 듯 그윽한 방귀 냄새가 두 사람의 주위를 자욱하게 감싸면서 구수하게 코를 자극했다.

도무탄과 주천강은 대화를 하느라 아직도 낭떠러지 끝에 나란히 선 채 맞은편으로 건너지 않고 있다.

"누가 자네를 죽이려는 것인가?"

도무탄은 태자인 주천강을 친구로 대하는 것에 대해서 심적인 부담이 전혀 없는 것은 아니지만 처음보다는 많이 좋아졌다.

"숙부야."

"숙부라면……."

"황제이신 아버님께선 장남이시고 남동생이 다섯 있는데 나를 죽이려고 하는 사람은 그중에 셋째 동생이며 광양왕(廣楊王)이라고 하네."

도무탄은 이해할 수 없다는 표정을 지었다.

"어째서……."

"아버님께선 병환으로 몸져누우신 지 십여 년이나 되셨네.

어의(御醫)는 아버님께서 일어나지 못하실 것이라고 누누이 말했네. 그래서 나는 어머님과 형제들을 비롯한 황친(皇親)들의 종용에 따라서 암암리에 황위(皇位)에 오를 준비를 하고 있었지."

"음."

그런데 황궁, 즉 자금성 내에서 은밀한 모반이 일어났다.

광양왕은 다음 대 황제가 반드시 자신이 되어야 한다고 생각했다. 아니, 확신하고 있었다. 그리고 또 그럴 수밖에 없는 상황이었다.

태자인 주천강에게는 심약하고 어린 남동생 한 명에 여동생만 줄줄이 네 명이라서 주천강이 죽게 되면 다음 대 황제는 막강한 세력을 휘두르고 있는 광양왕에게 돌아갈 수밖에 없기 때문이다.

그래서 광양왕은 태자로 책봉된 조카 주천강을 죽이면 자신이 황제가 될 수 있다고 믿었다.

어느 날 밤, 광양왕은 무림 고수들로 구성된 암살단을 은밀하게 자금성으로 이끌고 들어와서 주천강을 쥐도 새도 모르게 죽이려고 시도했다.

황궁 고수들과 주천강의 친위 고수들이 결사적으로 저항했으나 역부족이었다.

결국 광양왕의 수하들에게 백오십 명 이상의 황궁 고수와 친위 고수들이 처참하게 죽음을 당한 직후 주천강은 최측근 몇 명 고수의 도움으로 몇 차례 죽을 고비를 넘기면서 자금성을 빠져나와 구사일생으로 목숨을 건질 수 있었다.

그리고 그 길로 그는 목숨을 부지하기 위해서 정처 없는 유랑의 길을 떠나야만 했다.

그때 그의 나이 십사 세였으며 유랑은 아직도 끝나지 않고 있는 중이다.

"그렇다면 자네를 죽이라고 무정혈살대에 청부한 사람은……."

"숙부 광양왕이지."

"음."

주천강에 대해서 중대한 사실을 알게 된 도무탄은 무슨 말로도 그를 위로하지 못했다.

"저기."

경공술을 전개하여 달리던 주천강이 전방 좌측의 한곳을 가리켰다.

한 그루 느릅나무의 지상에서 일 장 높이 나뭇가지에 시체 한 구가 걸쳐져 있는 광경이다.

도무탄과 주천강은 시체가 개방 제자라는 것을 한눈에 알아보고 나무로 달려가 멈추었다.

개방 제자 네 명이 수라마룡과 절세불련을 미행하고 있었는데, 도무탄과 주천강은 여기까지 오는 동안 이미 세 명의 개방 제자가 죽어 있는 모습을 발견했었다. 그리고 이 시체가 네 번째 마지막이다.

수라마룡과 절세불련을 미행하는 개방 제자 네 명이 모두 죽은 것이다.

도무탄은 느릅나무 가지에 허리가 걸쳐져 있는 마지막 시체를 조심스럽게 내려서 바닥에 눕혔다.

정확하게 검이 심장을 찔러서 죽은 모습이다. 죽은 개방 제자는 검이 심장을 찔렀을 당시의 고통스러운 표정을 얼굴에 고스란히 새기고 있었다.

지금까지 세 구의 개방 제자 시체도 비슷한 모습이었다. 다들 심장이나 미간이 찔러서 죽었다. 그로 미루어 개방 제자 네 명을 죽인 것은 절세불련이 분명하다.

도무탄은 잘 모르지만, 주천강은 개방 제자들을 죽인 수법이 깨끗해서 정파의 수법이라고 확신했다. 마도 고수는 이보다 훨씬 잔인한 방법으로 죽인다는 것이다.

꽤 오랫동안 무림을 주유한 주천강은 무림에 대한 경험이 매우 풍부했다.

절세불련 고수들은 자신들을 앞서 수라마룡을 미행하고 있는 개방 제자들과 자신들의 뒤에서 미행하는 개방 제자들을 발견하고 모두 죽인 것이다.

개방은 등룡신권에게 적극적으로 협조하면서 절세불련에서는 제멋대로 탈퇴를 했다.

또한 개방은 절세불련의 영향권에서 벗어나 자신들끼리 똘똘 뭉친 동무림에서 눈과 귀 역할을 하고 있으므로 절세불련으로서는 눈엣가시 같은 존재다.

개방 제자들이 발견되어 죽음을 당했으나 절세불련 고수들은 여전히 숲에 많은 흔적을 남긴 채 동북쪽으로 진행하고 있는 중이다.

원래 개방은 천하 곳곳에서 벌어진 일들에 대해서 통상적으로 미행이나 조사를 하기 때문에 절세불련은 그들의 미행에 대해서는 별로 신경을 쓰지 않은 것 같았다. 더구나 수라마룡을 추격하는 것이 무엇보다도 급하기 때문에 사소한 일은 그냥 넘어갔을 것이다.

도무탄과 주천강은 지금까지 그랬던 것처럼 네 번째로 죽은 개방 제자 시체 역시 양지바른 좋은 장소를 선택해서 잘 묻어주고 나서 묵념을 하였다.

해가 뉘엿뉘엿 지면서 서쪽 하늘에 시뻘건 낙조가 피 칠을 한 것처럼 보였다.

"그런가?"

도무탄이 절세불련에 속한 구대문파 중에서 반기를 들었던 네 문파에 대해서 말했을 때 주천강이 경공술을 멈추고 도무탄의 소매를 붙잡았다.

"영능이 강제로 청성파와 점창파, 곤륜파, 공동파의 장문인들을 갈아치웠다는 말이지?"

무림의 경험이 풍부한 주천강이지만 늘 쫓기는 신세여서 자신의 관한 일 외에는 그다지 관심이 없었다. 그래서 절세불련에 대해서는 상대적으로 관심이 소홀했었다.

"그렇다는군."

"그런데 그들 네 개 문파가 자파의 고수들과 자신들 지역의 방, 문파에서 고수들을 차출하여 후발대(後發隊)로 오고 있는 중이라 이거로군. 그 수가 오천이나 되고."

"그래."

도무탄은 주천강에게 후발대 오천여 명이 오고 있다는 얘기를 하고 있던 중이었다.

"이건 좀 생각을 해봐야겠군."

"그렇지?"

비상한 두뇌의 소유자인 두 사람은 동시에 같은 생각을 하고 있었다.

그렇게 말해놓고서 두 사람의 시선이 똑같이 한곳으로 향했다. 동북쪽 저 멀리에 구름을 뚫고 우뚝 솟아 있는 거산 동백산이다.

절세불련 고수들이 남긴 어수선한 흔적들은 동백산을 왼쪽에 두고 오른쪽으로 길게 뻗어 있다.

동백산을 이십여 리 남겨둔 지점에서 방향을 꺾어 동남쪽으로 향하고 있다는 뜻이다.

주천강이 동백산에서 시선을 거두어 도무탄을 쳐다보며 부드러운 미소를 지었다.

"이건 중요한 일인 것 같네."

뭐가 중요한지 말을 하지 않고 무턱대고 중요하다고만 했으나 도무탄은 그 말을 알아들었다.

"잘하면 한 번에 두 마리 물고기를 잡을 수도 있겠어."

주천강은 고개를 끄떡였다.

"수라마룡을 구해서 그가 무림을 도모하려는 뜻을 포기시키는 것만큼 중요할 수도 있네."

"그렇지."

도무탄은 아까 개방 번성분타로 가다가 개방 제자를 만나서 절세불련 후발대 오천여 명이 오고 있다는 말을 들었을 때 잠시 갈등을 했었다.

후발대의 주축인 청성 등 네 개 문파가 원래 소림사에 반기를 들었던 문파들이기 때문에 그들을 잘 설득하면 뜻밖의 수확을 거둘 수도 있다는 생각이다.

그리고 조금 전에 도무탄이 후발대의 주축인 사대문파가 소림사에 항거하다가 불이익을 당한 일에 대해서 말하자 주천강이 무슨 생각을 하고 신형을 멈춘 것이다.

도무탄은 그가 자신하고 같은 생각을 하고 있을 것이라고 믿었다. 주천강도 자신만큼 비상한 두뇌를 지녔다고 생각하기 때문이다.

그러나 문제는 방법이다. 이곳으로 향하고 있는 사대문파를 무슨 수로 되돌려 놓을 수 있는가. 그런데 주천강이 도무탄보다 먼저 방법을 제시했다.

"자네가 그들에게 가보게."

"내가?"

주천강은 고개를 끄떡였다.

"그래. 자네라면 뭔가 방법이 있을 걸세."

"방법이라……."

방법은 단 하나, 사대문파를 설득하는 것뿐이다. 하지만 사대문파의 현 장문인들은 영능에 의해서 세워진 꼭두각시인데 도무탄의 말에 귀를 기울일 리가 없다. 외려 도무탄을 공격할 것이 뻔하다.

도무탄이 복잡한 표정으로 미간을 좁히는 것을 보고 주천강은 엷은 미소를 지었다.

그런 표정은 마치 뭔가 방법이 있지만 도무탄이 직접 생각해 내도록 말하지 않는 것 같았다.

하지만 도무탄은 그에게 그게 뭐냐고 묻지 않았다. 그가 생각한 것이라면 자신도 생각해 낼 수 있다고 믿었다.

"그건 그렇고, 내가 사대문파에게 가면 자네하고 연풍 둘이서 수라마룡 일을 처리할 수 있겠나?"

도무탄이 또 다른 걱정거리에 대해서 묻자 주천강은 빙그레 미소를 지었다.

"수라마룡을 구하는 일은 어차피 힘으로는 할 수 없는 일이 아니었나?"

"그렇지."

도무탄과 주천강, 소연풍 삼룡의 연합한 위력이 크긴 하겠지만 그래도 절세불련 오천여 고수를 상대로 싸워서 수라마룡을 구한다거나 돕는다는 것은 애당초 무리라고 생각을 했었다.

그러므로 수라마룡을 돕는 일은 머리를 써서 기발한 방법을 쓰거나 절세불련의 허를 찔러서 활로(活路)를 터주는 정도의 일이 될 터이다.

도무탄이 함께 있으면 훨씬 더 좋겠지만 지금 같은 상황에서는 그가 없어도 주천강과 소연풍 둘이서 어떻게든 해나갈수 있을 것이고 그렇게 해야만 한다.

"가겠네."

도무탄은 힘있게 고개를 끄떡였다. 그리고는 문득 생각난 듯 주천강의 손을 잡았다.

"내가 자네에게 고맙다고 말한 적이 있었나?"

주천강은 매일 보고 또 봐도 질리지 않는 훈훈하고 아름다운 미소를 지어 보였다.

"자네가 그런 말을 한 적은 없었지만 행동으로 충분히 보여주었네."

"그렇다면 다행이군."

"무탄."

도무탄이 지금까지 왔던 길 쪽으로 몸을 돌리려고 하는데 주천강이 그를 부르고는 고개를 갸웃거렸다.

"이런 말을 할까 말까 고민했었는데 아무래도 하는 게 좋을 것 같네."

"뭔가?"

"연풍이 내게 이런 말을 했었네."

"연풍이 무슨 말을 했나?"

주천강은 얼굴로는 더욱 아름다운 미소를 지으면서도 목소리는 소연풍의 흉내를 냈다.

"무탄이 내 사촌 여동생 운설을 모른 체한다면 기필코 죽여 버리고 말겠어."

그렇게 말하고 나서 주천강은 해맑게 웃으며 도무탄의 어깨를 두드렸다.

툭툭…….

"연풍이 한 번 한다고 말하면 반드시 하고야 마는 성격이라는 것은 잘 알고 있겠지?"

第九十六章

청성파(靑城派)

도무탄은 왔던 길을 되돌아가면서 줄곧 소운설과 소연풍에 대해서만 생각했다.

　생각하지 않으려고 해도 주천강의 말을 듣고 나서는 두 사람 생각이 머리에서 떠나지 않는다.

　사대문파를 어떻게 설득할 것인가에 대해서 궁리를 해야할 상황에 딴생각만 하고 있다.

　도무탄은 소운설을 싫어하지 않는다. 그녀를 싫어할 리가 없다. 하지만 남녀로서 사랑하는 것은 아니다.

　그녀를 좋아하기는 한다. 그녀 같은 절색미녀를 좋아하지 않는다면 남자가 아닐 것이다.

남자들은 아름다운 여자를 좋아한다. 이유 같은 것은 없으며 무조건 좋아한다.

더구나 소운설은 도무탄이 아니면 절대로 안 된다고 할 만큼 그에게 풀썩 엎어져 있는 상황이다. 그렇기 때문에 도무탄 입장에서는 그냥 손만 뻗으면 그녀를 자신의 여자로 만들 수 있다.

아니, 도장만 찍지 않았을 뿐이지 소운설은 이미 그의 여자나 다름이 없다.

만약 독고지연이나 은한 자매, 그리고 고옥군이 허락한다는 가정하에 소운설을 여자로서 사랑할 수 있겠느냐고 묻는다면, 그건 두 번 생각해 볼 것도 없이 그럴 수 있다고 대답할 것이다.

절개 같은 것은 여자들이나 지키는 것이지 남자는 그럴 필요가 없다고 그는 생각한다.

그러므로 언제든지 그럴 만한 환경만 주어진다면 소운설만이 아니라 이후로도 마음에 드는 미녀를 모조리 자신의 여자로 맞이하고 싶다.

사람들은 남자든 여자든 누구를 막론하고 눈에 보이지 않는 제약이라는 틀 속에서 살아가고 있다. 제약을 다른 말로는 구속이나 속박, 약속이라고도 표현할 수 있다.

그 제약이 사라진다면 세상은 그 즉시 아수라장으로 변해 버리고 말 터이다.

그렇지만 세상에는 구태여 제약이라는 속박 장치가 없다고 해도 한 어자 혹은 한 남자만을 죽도록 사랑하는 사람이 존재한다.

그런 것을 세상 사람들은 흔히 진실한 사랑이라거나 숭고하며 지고지순한 사랑이라고 표현한다.

그러나 도무탄은 지고지순하고는 거리가 먼 사람이다. 그는 자유분방해서 절대로 오는 여자 막지 않으며 가는 여자 붙잡지 않는 성격이다.

다다익선(多多益善), 미녀는 많이 거느릴수록 좋다는 것이 그의 지론이다.

딱!

"……!"

그때 그는 달려가고 있는 앞쪽 숲 속에서 마른 나뭇가지 부러지는 소리를 들었다.

그것은 누군가 바닥에 놓인 가느다란 나뭇가지를 밟아서 부러뜨린 소리가 분명했다.

순간 그는 반사적으로 우측으로 낮게 신형을 날리는 것과 동시에 한 그루 거목 위로 비스듬히 솟구치며 무정혈살대의 살수 수법 중 하나인 은풍연(隱風然)을 전개했다. 수십 번이나 연습했던 수법이므로 무정살수처럼 능숙하게 은풍연이 전개되었다.

은풍연은 말 그대로 주위의 경물을 최대한 이용하여 바람 속에 모습을 감추는 수법이다.

이 수법을 가르쳐 준 부원은 도무탄이 은풍연으로 모습을 감추었을 때 그가 스스로 모습을 나타낼 때까지 찾아내지 못했을 정도였다.

나뭇가지에 서 있는 도무탄은 방금 전에 마른 나뭇가지 부러지는 소리가 났던 방향에서 뒤이어서 요란한 기척이 들려오는 것을 감지했다.

그리고는 잠시 후에 수많은 고수가 울창한 숲 사이로 모습을 드러냈다.

도무탄은 그들을 보는 순간 청성파 등 사대문파가 이끄는 오천여 고수라는 사실을 간파했다.

선두에서 어깨에 검을 멘 도사들이 달려오는 광경을 발견했기 때문이다.

청성파나 점창파, 종남파, 곤륜파는 모두 도가라서 도사 복장을 하고 있다.

선두에는 두 종류의 확연하게 다른 복장을 한 도사 사백여 명이 몹시 지친 기색으로 달려왔으며, 그 뒤에 각양각색의 복장을 한 무림 고수들, 즉 여러 지역 방, 문파의 고수 수천 명이 기진맥진한 모습으로 따르고 있었다.

그리고 맨 뒤 후미에 역시 두 종류의 복장을 한 도사 사백여 명이 따르고 있었다.

도가의 사대문파 중 두 개 문파가 신두를, 그리고 두 개 문파가 후미를 맡아서 복판의 일반 방, 문파 고수들을 호위 혹은 감시하는 모양새였다.

거대한 무리는 도무탄이 서 있는 나뭇가지 아래를 줄지어서 끝없이 지나갔다.

그들은 기나긴 산행에 극도로 지쳐 있는 탓에 자신들의 머리 위에 도무탄이 서서 굽어보고 있다는 사실을 추호도 알지 못했다.

또한 그들의 수가 얼마나 많으면 다 지나가는 데 두 시진이나 걸렸다.

물론 도무탄은 끝까지 그들에게 발각되지 않았으며, 그들이 모두 지나가는 동안 눈에 띄는 인물들을 한 명씩 자세히 살피면서 뇌리에 새겨두었다.

두 시진 후 그들이 모두 지나가자 도무탄은 은풍연을 풀고 나무에서 내려와 백여 장쯤 후미에서 그들의 뒤를 쫓기 시작했다.

술시(戌時:밤 8시경) 무렵. 밤이 깊어지자 후발대는 산속 적당한 장소에 방, 문파 단위로 여기저기 제각기 흩어져서 휴식을 취하고 있다.

도무탄은 후발대를 발견하고 또 지켜보고 쫓는 동안 마침내 어떻게 해야 할지 한 가지 방법을 생각해 냈다.

사대문파의 현 장문인들은 영능이 직접 골라서 세웠으므로 그들은 영능에게만은 무조건적인 맹종을 하고 있을 것이 분명하다.

그러므로 그들을 설득한다는 것은 시간 낭비일뿐더러 외려 화를 초래할 수가 있다.

반면에 제대로 정신이 박혀 있는 사대문파의 인물들이라면 영능의 그러한 폭거(暴擧)에 대해서 강한 불만을 품고 있을 것이 분명하다.

그러면서도 불만을 터뜨리지 못하고 잘못된 상황을 묵묵히 지켜보고만 있을 수밖에 없는 데에는 그만한 이유가 있을 것이다.

예를 들면 현 장문인의 무위가 대단하거나 그를 옹위하는 측근의 세력이 막강해서 감히 어떻게 해볼 엄두가 나지 않는다거나 그런 이유일 것이다.

그래서 도무탄은 장문인 아래의 지위로서 불만이 있을 만한 인물을 골라서 접근을 시도해 보기로 계획을 세웠다. 그리고 그 첫 번째 대상을 청성파로 결정했다.

사대문파를 비롯한 수십 개 방, 문파는 적당한 장소를 정한 후에 각자 배낭에 담아 온 건량과 건육을 꺼내 먹으면서 휴식을 취했다.

　대규모 무리가 산행을 히다가 휴식을 취할 장소를 선택할 때 최우선으로 염두에 두어야 하는 것이 가까운 곳에 물이 있어야 한다는 점이다.

　이들 무리가 휴식을 취하고 있는 장소에서 오십여 장 떨어진 곳에 맑은 계류가 흐르고 있다.

　타닥탁…….

　호북성 북부지역과 하남성 남부지역의 접경지대인 이곳은 북방에 속하기 때문에 초겨울로 접어들고 있는 이 무렵의 산속은 매우 추워서 여기저기 수백 군데에 모닥불이 피워져서 오천여 고수의 고단한 몸을 녹여주고 있다.

　도무탄은 무정혈살대 살수 수법 중에 잠영비술(潛影秘術)을 전개하여 모습을 완전히 감춘 상태에서 청성파가 휴식을 취하고 있는 곳으로 접근했다.

　청명(淸明)은 청성오로(靑城五老) 중에 삼로인 무운자(武雲子)의 제자다.

　그러나 청성파의 장로인 청성오로에서 쫓겨난 그의 사부

는 현재 청성파 외곽에 있는 제오동천(第五洞天) 중에서 한 곳을 관리하는 한직(閒職)을 맡고 있다.

원래 그는 장문인과 같은 사형제로서 청성파의 장로라는 막중한 지위에 있었으나 얼마 전 장문인과 청성오로가 한꺼번에 몰락을 당하고 말았다.

이유는 간단하다. 소림사가 하는 일에 청성파가 사사건건 항거를 한다는 것이다.

그 때문에 전대 장문인은 영능에게 직접 제압되어 소림사의 천불갱에 감금당했으며, 청성오로의 두 명은 저항하다가 죽음을 당했고, 나머지 세 명은 청성파의 한직으로 밀려난 것이다.

영능은 자신에게 맹목적인 충성과 복종을 맹세한 인물을 새로운 청성파 장문인에 앉혔으며, 그가 추천한 세 명을 청성삼로(靑城三老)로 삼게 해주었다.

꿀꺽꿀꺽…….

청명은 동료들이 모여 있는 모닥불에서 뚝 떨어진 곳 나무에 등을 기대고 앉아서 술을 마시고 있다.

도가의 제자들은 이따금 술을 마시기는 하지만 지금처럼 출정 중에 술을 마시는 것은 금기사항이다.

그런데도 청명은 누가 보든 말든 아랑곳하지 않고 당당하게 마시고 있다.

그의 얼굴 표정은 어디 누가 한 번 건드리기만 하면 발작이라도 일으킬 것 같다.

그는 요즘 눈에 띄는 모든 게 다 못마땅해서 폭발하기 일보 직전의 상태다.

아니, 그의 배알이 뒤틀린 것은 요즘의 일이 아니다. 전대 장문인이 영능에게 제압당해서 소림사에 끌려간 이후 청성파의 되어가는 꼬락서니가 너무 마음에 들지 않아서 불만이 머리 꼭대기까지 차올라 있다.

새로운 장문인과 청성삼로는 전대 장문인과 장로들에 비하면 발가락에 때만도 못한 위인들이나.

그들은 청성파야 어찌 되든 말든 오로지 소림사 비위를 맞추려고 전전긍긍하고 있을 뿐이다.

자력(自力)이라면 설혹 삼생(三生)을 살더라도 절대 청성파의 장문인과 장로가 되지 못할 위인들이 졸지에 그런 대단한 감투를 썼으므로 영능을 하늘이 내린 천인(天人)쯤으로 여기는 것이다.

과거 청성파는 소림사나 무당파만큼은 아니라고 해도 그래도 독자적인 고유의 강력한 검법과 색채, 나름의 명성을 떨치면서 사천지역에서는 많은 사람의 존경과 칭송을 받았던 적이 있었다.

청명은 그 시절이 너무도 그립다. 그 시절의 의욕이 넘쳤던 사부도, 만인의 존경을 받았던 장문인도, 그리고 다른 장로들도 모두 그립다.

그분들과 함께 무림의 협의와 정의를 구가하던 시절이 그리워서 미칠 지경이다.

"우라질……."

도호를 외워야 할 그의 입에서 짓이기는 듯한 욕설이 흘러나오며 손등으로 입가의 술을 닦았다.

요즘 그는 도가의 경문(經文)을 외우거나 도법(道法)에 정진하는 공부는 일체 거들떠보지도 않고 눈만 뜨면 오로지 검술 연마만 하고 있다.

그 자신에게 출중한 실력이 있어야지만 썩어빠진 꼭두각시 장문인과 청성삼로, 그리고 그들을 추종하는 세력을 깡그리 몰아낼 수 있기 때문이다. 청명으로서는 절세불룡 영능에 대적하는 것은 꿈도 꾸지 못한다. 오로지 청성파만 바로잡으면 된다는 생각뿐이다.

그렇지만 제아무리 발버둥을 쳐도 그런 날이 죽을 때까지 절대로 올 것 같지 않아서 허구한 날 속이 새카맣게 타들어간다.

그래서 요즘은 밤만 되면 혼자 술병을 끌어안고 푸념을 늘어놓으며 폐인처럼 살고 있다.

청성파 내에서 그와 뜻을 같이하는 제자들끼리 은밀하게

모여서 만든 조직이 구청단(救靑團)이다. 이름 그대로 청성파를 구하기 위한 조직으로 청성파의 젊은 제자들로만 이루어져 있다.

현재 구청단에 가입한 청성 제자라고 해봤자 기껏해야 삼십여 명 수준이다.

청성파 전체 수가 육백여 명인데 삼십여 명이면 이십분지 일밖에 안 되는 수준이다.

장문인 세력의 감시가 워낙 심해서 눈에 불을 켜고 돌아다니면서 제자들끼리 두세 명만 모여도 목에 핏대를 세우며 흩어지게 만들기 때문이다.

그렇기에 구청단에 가입한 청성 제자 삼십여 명이 다 함께 모인 적이 단 한 번도 없을 정도다. 또한 지금껏 구청단이 뭔가 눈에 띄게 활동한 것이 하나도 없다.

그저 몇 명이 모여서 앞으로의 활동 상황을 골백번도 더 세웠다가 지우고 입만 열었다 하면 꼭두각시 장문인 세력을 성토하는 것뿐이다.

"빌어먹을……."

생각하면 생각할수록 분통이 터지는 청명의 입에서는 그저 욕설만 흘러나오고 있다.

그런데 바로 그 순간 그는 팔꿈치와 목덜미, 그리고 턱 세 군데가 동시에 뜨끔한 것을 느꼈다.

"······?"

순간적으로 벌레에 물린 것인가 하고 생각했으나 그런 것 치고는 뭔가 이상했다.

이렇게 추운 날씨에 벌레가 있을 리 만무하고 뜨끔거린 직후에 인후(咽喉)가 답답해지고 몸이 굳어지는 느낌이 들었기 때문이다.

'이게 도대체··· 앗!'

그는 자신의 몸을 살펴보려고 급히 움직이려다가 화들짝 놀라고 말았다.

몸이 통나무처럼 꼼짝도 하지 않았다. 자신에게 이런 일이 생길 것이라고는 꿈에도 상상하지 못했었다.

'당했다!'

상대가 누군지는 모르지만 암습에 당했다는 생각이 반사적으로 뇌리를 강타했다.

순간 청명의 머릿속이 새하얗게 탈색되었다. 인간은 꾸준한 경험에 의해서 발전하고 단련된다.

하지만 그는 지금처럼 누군가에게 암습을 당한 경험이 전혀 없으므로 평정심이 와르르 무너져 버릴 정도로 당황하고 말았다.

그리고 그다음에 취한 행동이 부리나케 눈동자를 굴려서 자신의 시야가 허락하는 한도 내에서 다급히 주위를 살피는 것이다.

하지만 방금 전까지 줄곧 봐온 광경만 보일 뿐 특이한 점은 전혀 발견하지 못했다.

그의 심장이 미친 듯이 쿵쾅거렸으며 맥박은 터질 것처럼 펄떡거렸다.

지금 그가 앉아 있는 곳은 오천여 명 고수가 운집해 있는 한복판이다.

그런데 도대체 어느 누가 이런 곳까지 잠입해서 그를 암습한 것인지 귀신이 곡할 노릇이다.

가장 가까운 오른쪽 삼 장 거리의 모닥불가에는 청성 제자 십여 명이 이리저리 누워서 자고 있으며, 왼쪽 오륙 장 거리에는 점창파 사람들이 휴식을 취하고 있을 뿐 지금까지의 상황하고 조금도 달라진 점이 없다.

다만 등 뒤는 볼 수가 없으므로 무슨 일이 벌어지고 있는지 알 수 없지만 조용한 것으로 미루어 뒤쪽도 지금까지와 별반 다르지 않을 터이다.

그렇게 잠시의 시간이 지났다. 불과 다섯 호흡 정도의 짧은 시간이지만 청명으로서는 몇 년이 지난 것만큼이나 지루하고 숨 막히게 여겨졌다.

그가 마혈과 아혈이 제압되었다는 사실 말고는 아무것도 변한 것이 없다.

이게 도대체 어떻게 된 상황인지는 상상조차도 할 수가 없지만, 그는 이 원인 불명의 경험을 통해서 하나의 중요한 사실을 깨달았다.

청명 한 사람쯤 이 세상에서 사라져 버린다고 해도 아무것도 변하지 않을 것이라는 사실이다.

지금까지 자신이 매우 중요한 사람이며 장차 훌륭한 일을 할 것이라고 굳게 믿어온 그로서는 크나큰 충격이 아닐 수가 없다.

그는 지금 눈앞에 보이는 경물들, 즉 나무나 풀, 돌멩이하고 자신이 별 차이가 없다는 생각이 들었다. 사부와 청성파의 어르신들이 그토록 가르쳤던 만물 평등의 이치를 그는 참으로 묘한 상황에 깨달았다.

'나는 참으로 보잘 것 없는 존재였구나…….'

지금 겪고 있는 상황하고는 전혀 상관이 없는 깨달음으로 그가 극도의 허탈함을 맛보고 있을 때 돌연 한줄기 전음이 그의 고막을 잔잔하게 흔들었다.

[청성파 장문인이 죽거나 사라지기를 원한다면 눈을 깜빡거리시오.]

"……."

만약 청명이 제정신이었다면 크게 놀랐을 것이지만 지금은 망연자실하고 있던 중이라서 느닷없는 전음에도 별로 놀라지 않았다.

그래서 갑자기 들려온 전음이 무슨 뜻인지 즉시 알아들었지만 응답은 곧장 나오지 않았다.

[그자가 죽기를 원하오?]

무척 가까이에서 들리는 듯한 전음이 다시 한 번 묻고 나서야 청명은 눈을 껌뻑거렸다.

그가 제압을 당했든 천지개벽이 나든 장문인을 죽이고 싶은 마음에는 변함이 없기 때문이다.

이 대답 때문에 그가 큰 불이익을 당하더라도 이 순간만큼은 솔직하고 싶어졌다.

[청성파가 절세불련을 돕는 것에 찬성한다면 그대로 있고 반대한다면 눈을 깜빡거리시오.]

이번에는 전음이 끝나기도 전에 청명의 눈이 연달아 서너 번 껌뻑거렸다.

[만약 내가 청성파 장문인을 죽인다면 귀하에게 청성파를 장악할 방법이 있소?]

암중인의 세 번째 질문이 다시금 고막을 흔들고 있을 즈음에 청명은 암중인이 무슨 의도로 이러는 것인지 어렴풋이 짐작하게 되었다.

첫째, 암중인은 적이 아니다. 적이라면 구태여 제압을 하고 나서 이런 식으로 전음을 보내지 않을 것이며 즉시 청명을 죽였을 것이다.

둘째로 장문인을 죽이고 싶으냐는 것과 만약 그를 죽여준
다면 이후 청성파를 장악할 방법이 있느냐는 식의 질문이라
면 최소한 절세불련하고 적대 관계에 있는 인물이라야 할 수
있는 말이다.

고로 암중인은 적이 아니다. 오히려 절세불련의 적이며 청
명의 친구가 될 수 있는 인물일 것이다. 그 사실에 청명은 조
금 마음이 놓였다.

셋째, 이것은 순전히 감성적인 느낌이지만, 암중인의 목소
리에서 정의로움을 감지했다.

만약 권모술수에 능하거나 교활하거나 청명을 좋지 않은
일에 이용할 인물이라면 이처럼 상냥하고 믿음직스러운 목소
리를 내지 못할 것이다.

암중인의 세 번째 질문에 청명은 즉시 대답하지 못하고 잠
시 생각에 잠겼다.

처음 제압을 당했을 때 엄습했던 경악과 혼돈은 이미 사라
졌으며 심신이 그 어느 때보다도 차분했다.

그래서 그는 이런 반응마저도 좋은 방향으로 생각했다. 암
중인의 행동은 어쩌면 하늘이 내린 천재일우의 기회일지도
모른다고 말이다.

그리고 갑자기 마음이 조급해졌다. 암중인이 장문인을 죽

여준다고 해도 그에게 청성파를 장악할 방법이 없다는 것을 알게 되면 암중인이 이대로 떠나 버릴지 모른다는 불안감이 엄습한 것이다.

그래서 그는 갑자기 결사적으로 눈을 껌뻑거렸다. 눈을 껌뻑거리는 그 짧은 와중에도 그는 암중인에게 부탁을 하여 장문인뿐만 아니라 청성삼로를 비롯한 핵심 세력을 제거해 준다면 청성파를 장악하는 일이 그다지 어렵지 않을 것이라는 생각이 들었다.

[좋소. 나는 지금 귀하의 아혈을 풀어줄 것이오. 부디 쓸데없는 행동은 하지 말기를 바라오.]

전음과 함께 목덜미가 뜨끔하면서 답답하던 인후가 시원하게 뚫리는 느낌이 들었다.

[자, 이제부터 내가 어떻게 해야 하는지 의논해 봅시다.]

암중인의 전음을 듣는 둥 마는 둥 청명의 눈동자가 쉴 새 없이 두리번거렸다.

그의 능력으로는 암중인이 어느 방향에 있는지 알아야지만 전음을 보낼 수 있기 때문이다.

전음이란 목소리를 공력으로 응축시켜서 자신이 말하려고 하는 상대에게 쏘아 보내는 수법이다. 그러므로 지금 상황에서는 암중인이 청명의 정면에 있어야만 전음을 보낼 수가 있는 것이다.

[나는 귀하의 정면 반 장 거리에 있소.]

암중인은 청명의 내심을 꿰뚫어 보고 있는 듯 자신이 있는 위치를 가르쳐 주었다.

그렇지만 청명의 눈앞에는 반 장 거리가 아니라 삼 장까지도 그저 누런 풀과 야트막한 바위, 그리고 몇 그루 나무만이 서 있을 뿐이다.

[여기요.]

스으……

그런데 바로 그때 그의 반 장 앞에 있는 야트막한 바위의 윗부분이 잔물결처럼 일렁이는 것 같더니 하나의 얼굴이 유령처럼 나타났다.

너무 놀라서 청명은 하마터면 소리를 지를 뻔했으나 겨우 참고 그 얼굴을 뚫어지게 주시했다.

어두운 색의 바위에 유령처럼 나타난 얼굴이지만 청아하고 정의로운 목소리만큼이나 준수하고 단아한 청년의 모습이 거기에 있었다.

[누… 구시오?]

청명은 떨리는 가슴을 억제하며 전음으로 간신히 물었다.

은풍연의 수법을 발휘하여 바위와 일체가 되어 있는 도무탄은 자신이 누구인지 알려줘야만 일이 훨씬 수월하게 풀릴 것이라고 판단했다.

[나는 도무탄이오.]

[도무탄······.]

[무림에선 나를 등룡신권이라 부르고 있소.]

"아······."

혼비백산할 정도로 경악한 청명은 지금 상황도 잊은 채 입
밖으로 낮은 탄성을 토해내고 말았다.

그리고는 움찔 놀라서 다급히 눈동자를 굴려 주위를 살폈
으나 아무도 이곳에 신경을 쓰는 사람은 없었다.

청명은 지금 자신에게 닥친 이 상황이 현실이라고 믿어지
지 않았다.

청성파를 비롯한 사대문파의 뜻있는 사람들에게 등룡신권
은 떠오르고 있는 태양이고 정의의 수호자이며 전설과도 같
은 존재이기 때문이다.

평소 청명을 비롯한 구청단의 동료들은 무림 정의를 위해
서 힘쓰고 있는 등룡신권이 자신들을 도와 청성파를 반듯하
게 세워준다면 얼마나 좋을까 하는 이루어지지도 않을 희망
을 품기도 했었다.

그렇지만 동무림 아득하게 먼 곳에서 절세불련에 저항하
느라 동분서주하고 있는 등룡신권이 중원 반대편에 있는 청
성파까지 찾아와서 도움의 손길을 뻗을 리는 만무하다면서
한숨을 내쉬었었다.

그런데 절대로 이루어질 리가 없다고 믿었던 바로 그 일이 지금 청명의 눈앞에서 벌어지고 있는 것이다. 그는 두 눈에서 강풍이 뿜어져 나오는 것처럼 눈꺼풀을 파들파들 떨면서 도무탄을 주시했다.

[정말… 등룡신권이십니까?]

그렇게 묻는 청명의 전음 목소리가 세찬 겨울바람에 마구 떨리는 나뭇가지 끝의 나뭇잎처럼 떨렸다.

바위 윗부분 유령처럼 흐릿하게 보이는 도무탄이 빙그레 미소를 지었다.

[무림에 등룡신권이 두 명이 아니라면 내가 등룡신권 도무탄이 분명하오.]

[아아… 고맙습니다… 정말 고맙습니다…….]

갑자기 감격에 찬 청명의 눈에서 울컥울컥 굵은 눈물이 마구 쏟아졌다.

[왜 우는 것이오?]

청명은 울면서 웃었다.

[왜 우느냐고요? 지옥 밑바닥에서 천신을 만났는데 어찌 눈물이 나지 않겠습니까?]

第九十七章

유령처럼

도무탄은 조금 난감했다. 죽여야 될 자가 예상했던 것보다 너무 많기 때문이다.

처음에 그는 청성파 장문인과 그의 측근 몇 명, 그래서 서너 명쯤만 죽이면 되지 않을까 짐작했었다.

그런데 청명의 말을 들어보니까 반드시 이십 명을 죽여야만 한다는 것이다.

더도 덜도 아닌 정확히 이십 명을 무조건 죽여야지만 청성파를 회복할 수 있다고 했다.

우선 장문인과 청성삼로는 기본이고, 그들의 제자가 열네 명인데 하는 짓이 하나같이 장문인보다 더하면 더했지 못 하지 않은 자들이라는 것이다.

그리고 거기에다가 소림사에서 보낸 두 명의 소림 고수가 있다고 한다.

그들 두 명은 장문인 최측근을 자처하면서 그림자처럼 주위에 머물고 있다.

청명의 말로는 아무래도 장문인의 일거수일투족을 감시하는 것 같다는 것이다.

어쨌든 그들 이십 명을 죽이지 않고는 청성파를 원상태로 되돌릴 수 없다고 하니 도무탄으로서는 무슨 일이 있어도 그들을 죽일 수밖에 없다.

[저깁니다. 모닥불가에 짐승 가죽을 덮고 누워 있는 놈이 장문인이고 양쪽에 가부좌로 앉아 있는 두 놈이 소림 고수입니다. 저 두 놈은 본 파에서 장문인의 좌우호법으로 알려져 있습니다.]

청명은 나무 뒤에 몸을 감추고 칠팔 장 거리의 모닥불가에 있는 세 명을 가리키며 전음을 보냈다.

도무탄은 은풍연 수법으로 청명 옆에 서 있지만 어느 누구의 눈에도 보이지 않았다.

[청성삼로는 어디 있소?]

도무탄의 물음에 청명은 두리번거리지도 않고 즉시 장문 인이 있는 곳에서 오른쪽으로 일 장 반 거리에 있는 모닥불을 가리켰다.

　[저깁니다. 같이 있는 놈들은 청성삼로의 제자입니다.]

　그가 가리킨 곳에는 세 명의 노도사가 모닥불가에 둘러앉 거나 누워 있으며, 다섯 명의 중년 도사가 노도사들의 시중을 들고 있었다.

　청명은 염려스러운 표정으로 그 자신의 몸을 감추고 있는 나무를 쳐다보았다.

　도무탄이 바로 그 나무에 은풍연 수법으로 모습을 겹치고 있기 때문이다.

　[제자들이 물러갈 때까지 기다리는 게 좋겠습니다.]

　청명은 장문인이 소림 고수 두 명과 함께 있으며, 청성삼로 도 제자 다섯 명과 같이 있으니까 최소한 청성삼로의 제자들 이 물러갈 때까지 기다리자는 것이다.

　청명은 천하육룡의 소문을 귀가 따갑도록 듣기는 했으나 그들의 실력이 어느 정도인지는 대충이나마 짐작조차도 하지 못한다.

　그저 청성파 장문인이나 장로들보다 한 수 혹은 두어 수쯤 고강할 것이라고 막연하게 생각하고 있다.

　그러므로 장문인과 소림 고수 두 명을 한꺼번에 죽이는 것이나, 청성삼로와 제자 다섯 명을 역시 한꺼번에 죽이는 일이 등룡신권으로서도 어려울 것이라 예상했다.

[괜찮소. 그보다 다른 제자들은 어디에 있소?]

괜찮다는 말에 청명은 잠시 멍한 표정을 지었다가 뒤늦게 도무탄의 질문 내용을 떠올렸다.

[그놈들은…….]

그는 주위를 두리번거리다가 한곳을 가리켰다.

[저깁니다.]

청성삼로가 있는 곳에서 뒤쪽으로 사 장쯤 떨어진 곳에 여러 개의 모닥불이 피어 있는데 청명이 가리킨 곳은 그중에 한곳이다.

그곳에는 아홉 명의 청성 제자가 모여서 술을 마시고 있으며 모닥불에는 고기가 구워지고 있어서 그 구수한 냄새가 바람을 타고 사방으로 퍼졌다.

다른 청성 제자들이 벽곡단이나 건량, 건육으로 요기를 하는 것과는 크게 대조적인 광경이다.

더구나 그들은 고기를 뜯어 먹으면서 술잔을 들어 건배를 하고 큰 소리로 웃으며 대화를 하는데 주위의 청성 제자들은 안중에도 없는 듯한 행동이다.

그것은 한눈에도 도사다운 모습은 없고 매우 방탕하게 보였다. 그들의 그런 행동만 봐도 얼마나 후안무치한지 여실하게 알 수 있을 듯했다.

[시주, 아무래도 지금은 좋지 않은 것 같습니다. 그러니까 모두 잠들 때까지 기다리시는 게 좋을…….]

[이제부터 귀하는 내가 시키는 대로 하시오.]

청명이 걱정스러운 표정으로 자신의 의견을 말하려는데 도무탄은 듣지 않고 제 할 말만 했다.

[내가 장문인 등을 처리할 동안 귀하는 믿을 만한 동료들을 모아서 그들과 해야 할 일이 있소.]

이어서 도무탄은 몇 가지 중요한 사항과 해야 할 일들을 청명에게 지시했다.

청명은 바짝 긴장해서 듣는데 시간이 지날수록 얼굴에 점점 놀라움이 떠올랐다.

살수의 살인 수법이 뛰어난 것은 일체의 기척을 감추고 표적에 접근하는 재주가 탁월하기 때문이다. 그래서 비슷한 수준의 살수와 보통 무림인이 대결을 하면 무조건 살수가 이길 수 있는 것이다.

도무탄은 천하육룡에 들 만큼 초절고수이면서도 무림 최고라는 무정혈살대의 살수 수법까지 완벽하게 터득했으니 청성파 장문인에게 접근하는 것쯤은 땅 짚고 헤엄치는 것보다 쉬운 일이다.

지금 그가 염려하는 것은 장문인을 비롯하여 이십 명을 죽이는 일이 아니라 그들을 죽이고 나서다.

그들을 죽일 때 추호의 소리도 나지 않아야 하는 것은 물론이거니와, 그들이 비록 작은 몸부림일지라도 일체 움직임이 없어야 하며, 자리에서 일어나는 등의 행동을 못 하게 해야만 한다.

현재 그가 할 수 있는 일은 그들을 죽이는 것까지가 전부다. 그다음에는 청성파 제자들이 일사불란하게 뒤처리를 해 줘야만 한다.

그는 외인(外人)의 입장이라서 그 일에는 참여할 수가 없다. 대충 그런 것들이 걱정스러운 점이다.

도무탄은 자고 있는 장문인과 가부좌로 앉아 있는 두 명의 소림 고수 뒤쪽에 우뚝 서서 그들을 굽어보았다.

그가 서 있는 곳에는 잡목 서너 그루가 서 있는데 그것들을 엄폐물 삼아서 은풍연을 전개했으므로 누가 이쪽을 보더라도 그를 잡목이라고 여길 터이다.

장문인은 두툼한 표범 가죽을 목까지 덮고 반듯하고 편안한 자세로 누워 있으며 그 얼굴이 도무탄 바로 아래에 있다. 침을 뱉으면 콧잔등에 떨어질 위치다.

장문인 양쪽에는 모자를 깊이 눌러써서 자신들이 까까머리 중이라는 사실을 감춘 소림 고수 두 명이 가부좌의 자세로 앉아 있었다.

도무탄이 그들의 심장박동이나 맥박을 감지한 바로는 운공조식을 하는 것이 아니라 자고 있다. 그들 역시 하루 종일 계속된 강행군에 몹시 피곤했을 것이다.

또한 이런 깊은 산중에서 수천 명이 모여 있는 곳을 뚫고 들어와 누군가 장문인을 암습할 것이라고는 꿈에도 예상하지 못할 터이다.

도무탄은 그 자리에 한쪽 무릎을 꿇고 주저앉으면서 거침없이 왼손을 내밀어 손바닥을 활짝 펴서 자고 있는 장문인의 입과 코를 한꺼번에 덮어버렸다.

움찔 놀란 장문인의 두 눈이 번쩍 떠지는 것보다 빨리 그의 입과 코를 덮고 있는 도무탄의 왼손에서 음유한 공력이 쏟아져 나가 장문인의 전신 혈맥을 찰나지간에 모조리 끊어버렸다.

그러자 장문인의 두 눈이 찢어질 듯이 크게 부릅떠지면서 온몸이 한 차례 잔물결처럼 부르르 떠는 듯하더니 곧 잠잠해졌다. 즉사다.

장문인이 죽었으나 양옆에 앉아 있는 소림 고수 두 명은 아무것도 모른 채 가만히 있었다.

그 정도로 장문인은 아무 기척도 내지 못한 채 숨이 끊어진 것이다.

청성파 장문인 정도의 절정고수가 불과 세 뼘 거리에서 죽었는데도 소림 고수들이 잠만 자고 있다는 것은 그들의 오감이 무디기 때문이 아니라 장문인을 죽인 도무탄의 솜씨가 워낙 고명했던 탓이다.

　도무탄은 지체 없이 이번에는 왼쪽의 소림 고수 뒤로 다가가서 똑같은 방법으로 왼손으로 그자의 입과 코를 덮고는 공력을 주입시켜 전신 혈맥을 순식간에 끊었다.

　그자는 눈을 부릅뜨고 몸을 뻣뻣하게 펴면서 짧은 경련을 일으키고는 숨을 거두었다.

　도무탄은 마지막 남은 소림 고수 역시 같은 방법으로 죽이고는 추호의 기척도 없이 그 자리를 벗어났다.

　도무탄이 장문인을 죽이고 있는 동안에 청명은 이리저리 돌아다니면서 은밀하게 구청단 네 명의 동료를 한 명씩 한 자리에 불러 모아 현재 상황에 대해서 빠르고도 간략하게 설명해 주었다.

　청명의 설명을 들은 동료 네 명의 놀라움은 이만저만한 것이 아니었다.

　모두들 각각 다른 자리에서 휴식을 취하고 있다가 천지개벽 같은 말을 들은 것이다.

　청명은 대경실색해서 혼란에 빠진 그들을 진정, 이해시키는 데 시간을 허비해야만 했다. 그들을 이해시키지 않고는 일을 진행시킬 수가 없다. 그러고 나서야 자신들이 할 일에 대해서 설명했다.

하지만 등룡신권을 직접 만나보지 못한 그들의 믿음은 청명하고는 크게 달랐다.

장문인과 청성삼로, 그리고 그들의 제자들과 소림 고수 도합 이십 명을 하룻밤 새에 모조리 죽이고 청성파를 장악한다는 일이 먼 나라의 일처럼 여겨졌다.

인간의 상식이란 항상 자신을 위주로 형성되기 때문이다. 그들의 상식으로는 청명이 설명한 일이 도저히 이루어질 수 없는 것이다.

세상의 모든 변화는 절대로 서서히 이루어지는 법이 없으며 한순간에 갑작스럽게 찾아온다.

그래서 사람들이 놀라고 당황하는 사이에 어느새 주위 상황은 예전하고는 판이하게 달라진다.

그래서 그것을 변화라고 부르는 것이다. 서서히 바뀌는 것이라면 변화가 아니라 진화 혹은 발전, 아니면 도태라고 불러야 마땅하다.

그렇지만 도무탄이 하룻밤 새에 장문인을 비롯한 이십 명을 죽이는 것이 아니라 불과 반각 이내에 죽여야만 한다는 사실을 이들이 알게 된다면 놀라움은 지금보다 백배는 더 커질 터이다.

도무탄으로서는 하룻밤 새에 장악해야 할 문파가 청성파만이 아니라 세 개 문파가 더 있기 때문이다.

[장문인과 소림 고수 둘을 죽였소. 이번에는 청성삼로를 비롯하여 함께 있는 제자들을 죽일 것이오.]

그때 청명의 귓전으로 도무탄의 잔잔한 전음이 전해졌다.

'장문인을······.'

청명은 기대가 현실로 드러나는 과정을 받아들이려고 안간힘을 썼다.

[어서 행동하시오.]

그 말 이후 도무탄의 전음은 끊어졌다.

네 명의 동료는 대화를 하던 중에 느닷없이 멍한 얼굴이 되어 장문인 쪽을 뚫어지게 주시하고 있는 청명을 쳐다보며 의아한 표정을 지었다.

"청명, 왜 그러나?"

"이봐, 무슨 일이야?"

그러자 청명은 퍼뜩 정신을 차리고 손가락을 세워 입에 대며 조용하라는 시늉을 했다. 그리고는 심호흡을 하면서 흥분을 가라앉히려고 애썼다. 동료들은 더욱 어리둥절해서 그를 주시했다.

청명은 양손으로 동료들을 가까이에 모이라는 시늉을 하

면서 그 자신은 무슨 비밀스러운 말을 하려는 듯 자라처럼 목을 움츠렸다.

[방금 전에 장문인과 소림 고수 두 명이 죽었다. 등룡신권이 그들을 해치웠다.]

청명 앞쪽에 올망졸망 모여 있던 네 명의 동료는 그의 전음을 똑똑하게 들었다.

그러나 워낙 엄청난 일이라 곧이곧대로 믿어지지가 않아서 눈만 껌뻑거리고 있을 뿐이다.

청명을 비롯한 모두들 마른침을 삼키면서 장문인이 있는 곳을 뚫어지게 주시했다.

아무도 입을 열지 않고 이 엄청난 현실을 이해하려고 부단히 애를 썼으나 쉬운 일이 아니다. 어떤 변화든지 모두를 당황시키게 마련이다.

스슥―

그때 동료 두 명이 벌떡 일어서는 것을 청명이 재빨리 양손을 뻗어 붙잡았다.

[어딜 가는 거야?]

[장문인이 정말 죽었는지 확인해야겠어.]

[내 눈으로 직접 봐야지.]

청명은 미간을 좁혔다.

[방금 등룡신권이 장문인과 소림 고수를 죽였다고 자신의

입으로 말했는데 설마 거짓말을 했겠는가?]

동료들은 깜짝 놀랐다.

[등룡신권이 전음으로 알려준 건가?]

[아… 그렇다면 처음부터 등룡신권이 그렇게 전음을 보냈다고 말을 했어야지.]

청명은 대답하지 않고 청성삼로와 그들의 다섯 제자가 있는 모닥불 쪽을 쳐다보았다. 도무탄의 다음 표적이 바로 그들이기 때문이다.

아무것도 모르는 상태인 저들이 이제 곧 이승을 하직할 것이라는 생각을 하자 청명은 절로 몸서리가 쳐졌다. 과연 삶과 죽음의 간격은 종잇장 한 장 차이라는 말이 실감이 나는 순간이다.

그러자 동료들이 모두 그의 시선을 따라서 청성삼로가 있는 곳을 주시했다.

청명은 도무탄을 찾느라 정신이 팔려서 동료들이 무엇을 하는지 살필 겨를이 없었다.

도무탄은 이제 곧 청성삼로 등을 죽인다고 했는데 여전히 그의 모습은 찾을 수가 없다.

"다들 뭘 그렇게 뚫어지게 보고 있는 건가?"

"앗!"

"으헛?"

그때 누군가의 목소리가 뒤에서 들리자 청명을 비롯한 다섯 명은 화들짝 놀라 머리털이 쭈뼛 섰다.

다들 나쁜 짓을 하다가 들킨 것처럼 다급히 돌아보니까 구청단의 다른 동료 한 명이 우두커니 서서 이들을 보면서 의아한 표정을 짓고 있었다.

모두가 휴식을 취하고 있는 밤중에 청명 등 다섯 명이 모여서 웅성거리며 청성삼로 등을 주시하고 있는 모습은 어느 누구의 눈에도 이상하게 보였을 것이 뻔하다.

확—

[모두 조심해.]

청명은 방금 말한 동료의 팔을 잡고 끌어당겨 앉히면서 모두에게 주의를 주었다.

청성삼로가 있는 곳에 접근한 도무탄은 일단 주위를 빠르게 살펴보았다.

다행이 청성 제자들은 멀찍이 떨어진 곳에 모닥불을 피워 두고 휴식을 취하는 중이다.

장문인이나 장로들이 모두 께름칙한 존재니까 청성 제자들로서는 휴식이라도 멀찍이 떨어진 곳에서 하고 싶은 것이 모두의 마음인 것이다.

청성삼로에게서 가장 가까운 곳에서 쉬고 있는 자들은 장문인과 청성삼로의 제자 아홉 명이다.

휴식 시작부터 술을 마시기 시작한 그들은 이미 거나하게 취해서 몇 명은 자려고 누웠으며 나머지는 흥얼거리면서 술을 마시고 있었다.

그들의 거침없는 행동으로 미루어 짐작할 때 평소 다른 청성 제자들을 발가락에 낀 때만큼도 여기지 않는다는 것을 알 수 있다.

그런데 그때 청성삼로와 함께 있던 다섯 명의 제자가 조심스럽게 일어나더니 동료들이 술을 마시고 있는 곳으로 총총히 달려갔다.

그들은 아까부터 줄곧 술을 마시고 싶어서 똥줄이 탔지만 청성삼로가 잠들지 않아서 이제나저제나 기다리고 있었던 것이다.

좋은 기회를 포착한 도무탄은 이미 잠들었거나 자려고 누워서 눈을 감고 있는 청성삼로를 조금 전에 장문인을 죽였던 수법으로 한 명씩 차례로 죽였다.

그들은 모닥불가 세 방향에 따로 누워 있다가 자신들이 무슨 이유로 누구에게 죽는지도 모르는 채 구천으로 조급하게 떠났다.

청성삼로가 삼 대 일로 합공을 한다고 해도 도무탄의 삼초 지적도 되지 않을 텐데, 이런 상황에서 그들을 죽이는 것은 손바닥을 뒤집는 것보다 쉬웠다.

도무탄은 주위를 한 차례 살핀 후에 이상이 없음을 확인하고는 마지막으로 장문인과 청성삼로의 제자들이 있는 곳으로 접근해 갔다.

도무탄은 열네 명이나 되는 자를 어떤 수법으로 한꺼번에 죽일 것인지 잠시 생각했다.

열네 명 중에서 술에 취해서 자려고 누운 자는 네 명뿐이고 나머지 열 명은 모두 모닥불에 둘러앉아서 술을 마시며 떠들고 있기 때문에 지금까지처럼 한 명씩 죽일 수는 없는 상황이다.

도무탄의 실력으로 무방비 상태인 이들을 한꺼번에 죽이는 일은 그다지 어렵지 않다.

문제는 그럴 경우 경미한 파공음이나 답답한 신음 소리가 흘러나올 것이라는 사실이다.

잠시 생각하던 그는 지금 상황에서는 경미한 파공음이나 신음 소리 정도는 감수할 수밖에 없다는 결론을 내리고 행동에 돌입했다.

이런 암습은 가깝게 접근하지 않아도 되고 거리는 별로 중요하지 않다.

도무탄은 최대 이십여 장 밖에서도 이들 열네 명을 한꺼번에 죽일 수가 있다.

하지만 그는 지금 일 장 반까지 가깝게 접근해 있는 상태이
므로 이들 열네 명을 단번에 죽이는 것은 별로 어렵지 않을
터이다.

그는 오른손을 들어 흐트러진 자세로 모닥불 주위에 모여
있는 열네 명을 가리키는 한편 재빨리 주위를 살피면서 누가
이곳을 보고 있지는 않은지 확인했다.

그리고 이상 없다는 사실을 확인하는 순간 오른손으로 무
형의 용천기를 뿜어냈다.

후우…….

파파파—

용천기 무형지기는 처음에는 한 줄기로 발출되었다가 일
장쯤 뿜어가는 동안에 정확하게 열네 줄기로 부챗살처럼 쫙
갈라져서 열네 명의 급소를 꿰뚫으며 아주 미약한 격타음을
발출했다.

"큭……."

"윽……."

"허윽……."

또한 열네 명이 동시에 답답한 신음을 흘리면서 픽픽 쓰러
져서는 부들부들 몸을 떨더니 축 늘어졌다. 술 마시면서 떠들
던 그들이 갑자기 약속이나 한 것처럼 한꺼번에 쓰러지는 광

경을 누군가 봤다면 어리둥절할 것이다.

도무탄은 죽은 열네 명을 쳐다보지 않고 계속 주위를 살피면서 누군가 이들이 내는 신음 소리를 듣지 않았는지 신경을 곤두세웠다.

"으으으… 살려줘……."

그런데 그때 도무탄으로서도 전혀 예상하지 못했던 일이 발생했다.

열세 명은 즉사했는데 딱 한 명이 급소를 비껴 나 설맞아서 얼굴이 피범벅이 되어 일어나더니 모닥불에서 벗어나 어디론가 비틀비틀 길어가기 시작했다.

'이런…….'

실수를 했다. 주위를 지나치게 경계하느라 열네 명 중에 한 명을 빗맞힌 것이다.

미간을 관통하거나 정수리, 뒤통수, 혹은 관자놀이 등 급소를 맞춰야 하는데, 이자는 미간에서 반 치 정도 벗어나 눈 위에 적중을 해서 즉사를 하지 않고 중상을 입은 상태가 되었다.

저대로 가만히 내버려 둬도 일각 안에 죽겠지만 문제는 죽을 때까지 신음을 흘리면서 이리저리 돌아다니며 벌어질 일이다.

도무탄은 자신이 이런 실수를 할 것이라고는 전혀 예상하지 못했었는데 원숭이가 나무에서 떨어진 격이다.

그는 즉시 그자를 처치하려고 손을 뻗었으나 출수하지는 못하고 손을 거두었다.

그자에게서 가까운 모닥불 두 군데에서 청성 제자 몇 명이 그자를 발견하고 놀라는 얼굴로 몸을 일으키는 것을 발견했기 때문이다.

도무탄이 머뭇거리는 사이에 그자는 비틀거리며 대여섯 걸음이나 걸어가고 있다.

그리고 이제는 네 군데 모닥불에서 십여 명의 청성 제자가 우르르 일어나 그자를 향해 다가오고 있으며, 더 많은 청성 제자가 지켜보고 있었다.

이제는 절대로 도무탄이 나서지 못하는 상황이 돼버렸다. 아니, 비틀거리면서 걸어가고 있는 자를 그저 걸어가다가 풀썩 쓰러지는 것처럼 보이게 죽이는 방법이 있긴 하지만, 지금은 머릿속이 마구 헝클어진 상태라서 어떤 수법을 전개해야 할지 갈피를 잡지 못했다.

"크으으… 사… 살려줘… 제발……"

얼굴이 피투성이가 된 그자는 가까이 다가온 청성 제자들에게 두 팔을 벌려 보이며 신음을 흘렸다.

몰려든 청성 제자들은 놀라면서도 의아한 표정으로 피투성이 동료를 쳐다볼 뿐 어느 누구 하나 나서서 그를 부축하거나 돕지 않았다.

청성 제자 중 몇 명은 장문인과 청성삼로의 제자들이 모여 있는 모닥불 쪽을 보다가 흠칫 놀랐다.

그들이 모두 쓰러져 있는데 잠을 자고 있는 게 아닌 것이 분명했다.

왜냐하면 그들 중 두 명이 모닥불 위에 엎어져서 옷과 몸이 불타고 있었기 때문이다. 살아 있다면 뜨거워서라도 난리가 났을 것이다.

"으으… 이봐… 너희들… 어째서……."

피투성이 제자는 자신을 돕시 않는 청성 제자들을 둘러보며 얼굴을 일그러뜨렸다.

그때 몰려든 청성 제자들이 피투성이 제자에게 바짝 다가들어 빙 둘러쌌다. 그들의 얼굴에는 하나같이 분노와 살기가 번들거렸다.

푸푹… 푹!

그리고는 다섯 자루의 단검이 피투성이 제자의 온몸을 깊숙이 찔러 버렸다.

청성 제자 한 명이 그자의 입을 틀어막았으므로 비명은커녕 신음도 새어 나오지 않았다.

원래 피투성이였던 자는 한 차례 몸을 떨고는 그대로 엎어져서 둘러선 청성 제자들의 발길질에 짓밟힘을 당하면서 숨이 끊어졌다.

그곳에 모여든 청성 제자는 이십여 명이고 삼사십 명이 계속 모여들고 있는 중이다.

그들은 평소에 꾹꾹 눌러둔 분노 때문에 방금 동료를 찌르고 밟아서 죽였다.

아니, 그들이 죽인 자는 동료가 아니라 청성파를 절세불련에 팔아먹은 앞잡이의 제자다. 즉, 청성이로의 세 명의 제자 중 한 명이었다.

고요한 적막이 흘렀다.

타닥탁…….

장문인과 청성삼로의 제자 열세 명이 죽어 있는 곳의 모닥불이 타오르는 소리가 유난히 크게 들렸다. 시체가 타고 있기 때문이다.

이들은 열세 명이 죽어 있는 것을 발견하지 못했더라면 살려달라고 애원하는 청성이로의 제자를 결코 죽이지 않았을 것이다.

이들은 죽어 있는 열세 명을 발견하고는 지금 무슨 일이 벌어지고 있음을 직감했었다.

휘익! 휙!

순간 청성 제자들은 열세 명이 죽어 있는 모닥불로 분분히 신형을 날려 달려갔다. 무슨 일인지 자신들의 눈으로 확인하려는 것이다.

척!

그 순간 그들의 앞을 가로막는 한 사람이 있다.

중키에 청의 도복을 입은 육십 대 초반의 중후한 도사인데 근엄한 표정을 지으며 우뚝 서 있었다.

청성 제자들은 중후한 도사를 보고는 급히 공손한 자세를 취하며 허리를 굽혔다. 그들의 표정과 행동에서는 존경의 기색이 역력했다.

중후한 도사는 청명의 사부인 무운자다. 그는 한 자루 고색 창연한 검을 메고 있으며 가슴까지 이르는 반백의 수염을 미풍에 나부끼고 있었다.

"물러가라."

무운자가 나직하면서도 짧게 명령하자 우르르 몰려들었던 청성 제자들은 즉시 몸을 돌려 각자의 자리로 조용히 되돌아갔다.

그들은 지금 뭔가 심상치 않은 일이 벌어지고 있다는 것을 직감하여 궁금증이 하늘을 찌를 정도였으나 무운자의 명령에 일체 토를 달지 않고 복종했다. 평소 무운자가 청성 제자 모두에게 높은 존경을 받고 있기 때문이다.

슥―

엄숙한 표정의 무운자는 천천히 몸을 돌려 열세 명이 죽어 있는 모닥불로 걸어가면서 그곳에 벌어져 있는 상황을 재빨리 살펴보았다.

죽어 있는 열세 명이 하나같이 미간과 정수리, 뒤통수, 관자놀이, 목 정중앙에 좁쌀 크기의 작은 구멍이 뚫려 있으며 피는 한 방울도 나지 않는 것을 발견한 그는 수법을 전개한 인물, 즉 등룡신권이 적어도 자신보다 두어 수 위의 초절고수라고 판단했다.

그가 한쪽을 쳐다보면서 가볍게 고개를 끄떡이자 그것이 신호인 듯 구청단에 소속된 십여 명의 청성 제자가 빠르게 다가왔다.

"수습해라."

무운자는 조용한 목소리로 명령하고 나서 이번에는 장문인과 소림 고수 두 명이 죽어 있는 곳으로 미끄러지듯이 다가갔다.

그는 표범 가죽을 덮은 채 똑바로 누워서 눈을 부릅뜨고 있는 장문인과 역시 같은 모습으로 장문인 좌우에 가부좌로 앉아 있는 소림 고수 두 명을 빠르게 살펴보며 심장이 심하게 두근거렸다.

그가 확인한 바로는 장문인과 두 명의 소림 고수는 숨을 쉬지 않는 것은 물론이고 맥박도 뛰지 않는다. 즉, 죽은 것이 분명하다.

장문인이 죽었다는 사실이 기쁘기 짝이 없지만 무운자의 얼굴에는 웃음기 하나 없다.

지금은 상황이 급격하게 진행되고 있는 중이므로 웃는 것은 나중에라도 가능하다.

그동안 장문인과 두 명의 소림 고수, 그리고 청성삼로를 죽이는 상상을 마음속으로 골백번도 더 했던 무운자였다. 그런데 그들이 자신의 눈앞에 죽어 있는 광경을 보고 있노라니 심장이 아니라 온몸의 피가 펄펄 끓어올랐다.

슥―

무운자는 장문인의 죽음을 더 분명하게 확인하기 위해서 그 옆에 한쪽 무릎을 꿇고 앉아 장문인의 목덜미에 손가락 두 개를 대보았다.

"음."

장문인에게서 그 어떤 생존의 징후도 발견하지 못한 그는 기쁨의 탄성을 짧고 묵직한 신음으로 대신했다.

[사부님, 청성삼로도 죽은 것을 확인했습니다.]

그때 청명이 다가와 무운자 옆에 나란히 한쪽 무릎을 꿇으며 전음으로 보고했다.

장문인에 이어서 청성삼로도 죽었다. 예전 청성파가 제대로 돌아가던 시절에 이들은 무운자 바로 아래의 배분으로 아끼는 사제들이었다.

이렇게 속절없이 죽어서 한마디 말도 못하는 시체가 돼버린 별것 아닌 존재들에게 그동안 청성파가 제멋대로 휘둘렸다는 사실 때문에 쓴웃음이 났다.

무운자는 청성삼로의 죽음도 자신이 직접 확인하고 싶지만 지금은 그럴 겨를이 없다.

그는 등룡신권이라는 대단한 인물에 대해서 소문으로만 들었지 한 번도 본 적이 없다.

그렇지만 제자인 청명의 말에 의하면, 등룡신권이 장문인과 청성삼로, 소림 고수, 열네 명의 제자를 모조리 죽여줄 테니까 청성파는 청성파의 힘으로 바로잡으라고 말했다는 것이다.

그것은 등룡신권의 말이 백 번 옳다. 그의 할 일은 여기까지고 청성파를 바로잡는 것은 청성 제자의 힘으로 해야만 할 터이다.

등룡신권은 이미 약속을 지켰으니까 이제는 이쪽 차례다. 이쪽에서는 차질 없이 신속하게 일을 진행시켜야만 한다. 즉, 신속하게 바로 이 자리에서 청성파를 장악하는 것이다.

무운자는 등룡신권을 만나보고 싶다는 생각이 들었다. 그에게 고마움을 표하자면 한도 끝도 없지만 지금은 무조건 그를 한번 만나보고 싶었다.

이상한 일이지만, 그를 보고 나면 무슨 일이든지 밀어붙일 자신이 샘솟을 것만 같았다.

"청명, 그를 만나게 해다오."

그의 말에 청명은 난감한 표정을 지었다.

"사부님. 그가 우리에게 나가오기 전에는 그를 만날 수가 없습니다."

"음, 그러냐?"

무운자의 얼굴에 옅은 아쉬움이 스쳤다.

第九十八章

승부수

도무탄은 청성파 다음으로 처리할 문파로 점창파를 정했다가 생각을 고쳐먹었다.

　예전부터 청성파 등 사대문파는 상호간에 친분이 두터웠으니까 청명의 사부인 무운자가 다른 삼대문파의 영향력이 있는 인물들을 더러 알고 있을지도 모른다는 것에 생각이 미쳤기 때문이다.

　그렇다면 무운자를 통해서 삼대문파 인물들을 소개받아서 일을 진행하는 것이 훨씬 더 쉽고 빠르며 안전할 것이라는 데 생각이 미쳤다.

도무탄이 청명을 찾아갔을 때 무운자는 모닥불가에 청성파 각 부서의 책임자 십여 명을 불러 모아놓고 둘러앉아서 현 상황에 대해서 진지하게 설명을 하는 중이었다.

너무 엄청난 얘기라서 모두들 무운자의 설명을 들으며 숨소리도 내지 않았다.

"사부님."

"뭐냐?"

등룡신권에 대한 설명을 끝내고 자신들이 앞으로 어떻게 해야 할지에 대해서 말하고 있던 무운자는 갑자기 뒤에서 제자 청명이 부르는 소리에 뒤돌아보지도 않으며 반 건성으로 대꾸했다.

청명의 공손하면서도 적잖이 흥분하는 듯한 목소리가 이어졌다.

"잠시 여길 보십시오."

무운자는 별다른 생각도 없이 앉은 채 뒤를 돌아보다가 제자 청명 옆에 훤칠하게 잘생긴 청년 한 명이 철탑처럼 우뚝 서 있는 것을 발견하고 크게 놀라 그 자리에서 퉁기듯이 벌떡 일어섰다.

아직 청명의 말을 듣지는 않았으나 무운자는 그의 옆에 서 있는 청년이 틀림없는 등룡신권이라고 직감했다.

"등룡신권 도 시주이시오?"

곧장 도무탄을 보면서 단도직입적으로 묻는 무운자의 목소리는 긴장으로 떨리고 또 갈라졌다.

도무탄은 두 손을 모으고 가볍게 고개를 숙이며 포권을 해 보였다.

"그렇습니다."

예전의 도무탄은 아무에게나 하대를 하거나 그 비슷한 말투를 구사했었는데, 언제부터인가 악인이나 기분 나쁜 자를 대할 때를 제외하고 존장(尊丈)을 대할 때는 되도록 깍듯한 예를 갖추려고 노력했다. 아마도 고려국의 태왕가를 다녀온 이후 그렇게 변한 것 같았다.

두 사람의 대화에 모닥불가에 둘러앉아 있던 도사들이 크게 놀라서 우르르 일어서며 탄성을 터뜨렸다.

"아……."

"오… 등룡신권이라니……."

그 광경을 보고 무운자는 소란이 일어날 것이라고 짐작하여 초면임에도 불구하고 도무탄의 손을 덥석 잡고 끌어 앉히면서 자신도 앉았다.

"앉읍시다."

도무탄은 단정하게 앉아서 포권을 하여 모두에게 두루 두손을 흔들어 보였다.

"인사드리겠습니다. 도무탄입니다."

"오……."

"과연……."

무운자에게 어느 정도 설명을 들은 청성파 도사들은 도무탄을 보면서 감탄을 금치 못했다.

그냥 아무 일 없이 길을 가다가 도무탄처럼 헌앙하고 잘생긴 청년을 보면 저절로 걸음이 멈춰지면서 눈길이 자연적으로 한 번 더 갈 터이다.

그런데 그 청년이 바로 천하육룡 중에 한 명인 등룡신권이고, 게다가 청성파가 제자리를 되찾을 수 있도록 꼭두각시 장문인과 청성삼로 등을 깡그리 죽여주었으니, 청성 도사들의 눈에는 이보다 더 훌륭한 청년은 천하를 샅샅이 뒤져봐도 없을 것 같았다.

"도 시주, 이 은혜를……."

"도장께 부탁이 있습니다."

무운자가 감격한 표정을 감추지 못하고 감사의 예를 표하려는 것을 도무탄이 중간에서 뚝 끊었다.

"무슨……."

"도장께선 혹시 점창파나 곤륜파, 공동파에 친분 있는 사람이 있습니까?"

무운자는 도무탄이 왜 그런 것을 묻는지 알아차리고 크게 고개를 끄떡였다.

"다행이도 빈도는 세 문파에 친분 있는 사람이 꽤 많은 편이오."

그리고는 모닥불가에 둘러앉은 사람들을 차례로 둘러보면서 동의를 구했다.

"자네들도 몇 명씩은 알고 있겠지?"

모두들 그렇다고 고개를 끄떡이면서 자신은 누구누구를 안다고 이름을 열거했다.

무운자는 도무탄에게 진중하게 말했다.

"빈도들에게 명령하실 일이 무엇이오?"

도무탄은 당황하며 두 손을 저었다.

"명령이라니 당치도 않습니다."

그는 진지한 표정으로 말을 이었다.

"세 문파의 믿을 수 있고 영향력이 있는 분을 각기 두세 명씩 불초에게 소개해 주십시오."

무운자는 의연하게 대답했다.

"늦어도 반 시진 안에 대령하겠소. 그동안 도 시주는 좀 쉬고 계시오."

그는 청명에게 도무탄의 시중을 들라고 지시하고는 그 자리에 있던 청성 제자들과 잠시 의논을 한 다음에 각자의 역할을 분담했다.

모닥불가에 도무탄과 단둘이 남게 된 청명은 몹시 긴장하고 흥분했다.

"도 시주, 필요한 거라도 있습니까?"

남은 세 문파에 대해서 깊은 생각에 잠겨 있던 도무탄은 청명의 말에 그를 쳐다보았다.

무운자 등이 세 문파의 중요 인물들을 골라서 데리고 올 때까지는 어차피 도무탄으로서도 할 일이 없어서 쉬고 있어야 하는 상황이다.

"술 있소?"

"술… 말입니까?"

뜻밖의 요구에 청명이 가볍게 놀라자 도무탄은 턱으로 그의 가슴을 가리키며 엷은 미소를 지었다.

"귀하가 아까 마시던 술 있잖소."

"아… 보셨습니까?"

청명은 얼굴이 붉어졌다. 자신이 술 마시는 것을 도무탄이 봤기 때문이 아니라 술을 마시면서 욕설을 중얼거렸던 모습을 들켰기 때문에 부끄러웠다.

"이건 제가 마시던 독한 화주라서… 얼른 다른 술을 구해 오겠습니다."

청명이 품속에서 술병을 꺼내 보이며 당황하자 도무탄이

슬쩍 술병을 낚아채서 마개를 열더니 스스럼없이 마시기 시작했다.

꿀꺽꿀꺽…….

청명은 자신이 마시던 술병을 등룡신권처럼 굉장한 인물이 술병 주둥이를 닦지도 않고 마시는 모습을 보고는 크게 감격하여 어쩔 줄을 몰랐다.

청명은 도무탄이 천하육룡의 한 명인 등룡신권일 뿐만 아니라, 천하십대부호에 꼽힐 정도로 엄청난 대부호이며, 또한 천하이미의 한 사람인 천상옥화 독고지연을 연인으로 두고 있는 것으로 알고 있다.

뿐만 아니라 독고지연의 두 살 터울 언니인 독고은한까지 자신의 여자로 거두었는데, 독고은한은 강호 활동이 뜸하여 소문이 나지 않았을 뿐이지 미모로는 독고지연에 뒤지지 않는다고 알려져 있다.

이십팔 세인 청명이 봤을 때 도무탄은 자신보다 대여섯 살 어려 보이는데도 무공으로나 재물로나 여성 편력으로나 모든 면에서 손이 닿지 않을 정도로 높은 곳에 도달해 있는 굉장한 인물이다.

청명으로서는 도무탄이 달성한 것 중에서 어느 것 하나라도 이루기는커녕 백분지 일에도 미치지 못하는 형편이라서 그가 한없이 존경스럽게만 보였다.

"마시겠소?"

"아… 저는…….."

도무탄이 마시던 술병을 내밀자 청명은 화들짝 놀라서 대답을 하지 못했다.

도무탄은 보기 좋은 미소를 빙그레 지으면서 그의 손에 술병을 쥐어주었다.

"마시다 보니까 거의 다 마시고 조금밖에 남지 않았소."

"괜… 찮습니다."

"내가 기루를 몇 개 갖고 있으니 나중에 좋은 곳에서 한번 대접하겠소."

"아… 그렇게까지…….."

도무탄은 생각나는 것이 있는 듯 손으로 무릎을 쳤다.

"혹시 적화라고 알고 있소?"

"모릅니다만…….."

"그럼 우란화는 아오?"

청명은 도무탄이 무엇 때문에 천하이미의 한 사람에 대해서 묻는지 알아차리지 못했다.

"압니다."

천하의 코흘리개마저도 다 알고 있는 천하이미를 사내대장부인 청명이 모른대서야 말이 되지 않을 터.

도무탄은 빙그레 미소 지으며 박속처럼 흰 치아를 내보이면서 청명의 어깨를 가볍게 두드렸다.

"나중에 우리 좋은 날을 택하여 우란화의 시중을 받으면서 술 한잔합시다."

"그… 게 가능합니까?"

청명은 자신이 우란화의 시중을 받으면서 술을 마신다는 상상만으로도 가슴이 심하게 두근거렸다. 그런 일이 실제로 벌어진다면 그는 죽을 때까지 그 얘기를 자랑 삼아서 떠들고 다녀도 될 것이다.

"가능하다마다, 아마 내가 기별을 하면 그녀는 이곳까지 술상을 들고 달려올 것이오."

"설마……."

"설마 뭐요?"

청명은 같은 남자인 자신이 봐도 가슴이 설렐 만큼 멋진 도무탄을 눈이 부신 듯 응시하며 조심스럽게 물었다.

"설마 우란화도 도 시주의 여자입니까?"

"음."

도무탄은 문득 소연풍의 협박이 생각나서 부지중 묵직한 신음을 흘렸다.

탁!

그는 갑자기 골치가 아파져서 청명에게 주었던 술병을 낚아채 입으로 가져가 한 방울도 남기지 않고 단숨에 다 마셔

버렸다.

청명은 자신이 우란화에 대해서 묻자 도무탄이 갑자기 착잡한 표정을 짓는 것을 보고 어리둥절해졌다.

"이름이 뭐요?"

"청명입니다."

"청 형."

도무탄이 불쑥 묻자 청명은 자신의 속가 시절 이름 말고 도가명(道家名)을 말해주었다. 그러자 도무탄은 대뜸 '청 형'이라고 불렀다. 아마도 도가명에 호형을 하는 사람은 도무탄이 처음일 것이다.

"네, 말씀하십시오."

그러나 어쨌든 상관이 없으며 오로지 천하의 등룡신권하고 단둘이 대화를 하고 있다는 사실에 감개무량한 청명은 공손한 태도를 취했다.

"청 형에게 이미 부인이 있다는 가정하에 내 말을 들어주기 바라오."

소운설의 일로 머리가 복잡한 도무탄은 아무런 상관이 없는 청명이라면 어쩌면 객관적인 시각으로 좋은 조언을 해줄 수도 있지 않을까 기대를 했다.

"네."

"부인이 세 명이라면 말이오."

"옛? 도 시주에게 독고지연, 은한 독고 자매 말고 부인이
더 계십니까?"

도무탄은 뜨악한 표정으로 그를 잠시 멀뚱하게 바라보다
가 되물었다.

"독고지연과 독고은한 자매가 내 여자라는 사실을 이미 알
고 있는 것이오?"

"하아… 그 사실을 모른다면 하늘을 머리 위에 이고 살 자
격이 없지요."

"그… 렇소?"

청명은 아무도 모르는 사실을 자신만 알게 될지도 모르는
상황이라서 호기심에 눈을 반짝거렸다.

"또 한 분의 부인은 어떤 분이십니까?"

도무탄은 문득 고옥군의 성결하고 우아하며 아름다운 자
태가 삼삼하게 떠올라 눈을 반개했다.

"아름다운 여인이오."

"독고 자매보다 더 아름다우십니까?"

사내들 최고의 관심사는 뭐니 뭐니 해도 아름다우냐 아름
답지 않느냐는 것에 있는 듯하다.

"내 눈에는 더 아름답소."

"아……."

도무탄은 독고 자매가 들으면 큰일 날 소리를 아주 진지한

얼굴로 했다.

"그런데 말이오."

청명은 도무탄이 청성파 장문인 등을 죽이는 일에 대해서 말할 때보다 지금이 훨씬 더 심각한 얼굴이라는 생각이 들었다.

"우란화는 무적검룡의 사촌 여동생이오."

"아아……"

청명은 놀라움의 탄성을 흘려냈다.

도무탄은 착잡한 표정을 지었다.

"나하고 무적검룡은 친구요. 그런데 무적검룡이 우란화를 내 여자로 맞이하라고 협박하고 있소. 그러지 않으면 나를 죽이겠다는 것이오."

"……"

청명은 도무탄의 말을 이해하기 위해서 오랫동안 사용하지 않았던 뇌까지 활용을 해야만 했다.

무적검룡이 자신의 사촌 여동생 우란화를 아내로 맞이하라면서 죽이겠다고 협박까지 했다면, 무적검룡 눈에는 도무탄이 최고의 남자로 비쳐졌기 때문일 것이다.

과연 청명이 봐도 도무탄은 지상 최고의 남자임이 분명하다. 만약 청명에게 딸이 다섯 명쯤 있다면 그녀들을 다 도무탄에게 시집보내고 싶을 정도다.

도무탄의 표정은 너무도 진지했다.

"이런 상황에서 청 형이 나라면 어쩌겠소?"

"뭘 어쩝니까?"

청명은 생각할 것도 없다는 듯 즉답했다.

"무조건 우란화를 아내로 맞이하셔야죠."

"이미 아내가 셋이나 있는데도 말이오?"

청명은 도무탄을 똑바로 쳐다보았다.

"도 시주는 우란화를 싫어하십니까?"

도무탄은 고개를 가로저었다.

"아니오. 그녀는 매우 사랑스러운 여자요."

"그렇다면 우란화가 도 시주를 싫어합니까?"

도무탄은 쓸쓸한 미소를 지었다.

"그녀는 내게 일편단심이오."

청명은 혀를 내둘렀다.

"대관절 어떻게 하셨기에 우란화 같은 절세미녀가 도 시주께 일편단심인 것입니까?"

도무탄은 애매한 표정을 지었다.

"그냥 좀 만졌을 뿐인데… 나도 잘 모르겠소."

청명은 마른침을 삼켰다.

"어… 어딜 어떻게 만졌기에……."

도무탄은 어색한 표정으로 손을 저었다.

"그런 얘긴 그만합시다."

"어쨌든 전 도 시주께서 무조건 우란화를 맞이해야 한다고 생각합니다."

"어째서 그렇소?"

도무탄은 그냥 청명의 객관적인 입장을 들으려고 했다가 대화에 빠져들었다.

청명은 자세를 고쳐 앉으며 물었다.

"도 시주께선 세 분의 부인 중에서 누굴 제일 먼저 맞이하셨습니까?"

"독고지연이오."

청명은 기다렸다는 듯이 거침없이 물었다.

"그 당시에 부인이 계신데도 어째서 그녀의 언니를 또다시 두 번째 부인으로 맞이하셨습니까?"

"그건……."

도무탄은 이 자리에서만큼은 매우 솔직해졌다.

"은한을 사랑하게 되었소."

"그럼 세 번째 부인은?"

"그녀도… 사랑하게 되었소."

청명은 오른손 주먹으로 왼손 손바닥을 쳤다.

탁!

"그렇다면 우란화도 사랑하십시오."

도무탄은 어? 하는 얼굴로 청명을 쳐다보다가 잠시 후에 고개를 끄떡였다.

"그러면 되겠군."

우란화처럼 아름답고 순종적인 여자를 사랑하는 것은 어려운 일이 아니다.

아니, 어쩌면 그는 이미 그녀를 사랑하고 있는지도 모른다. 다만 지금보다 더 사랑하게 되고 그래서 그녀를 책임져야 하는 상황이 발생할까 봐 스스로의 마음을 부인하고 있는 것일 게다.

독고은한을 받아들였을 때 독고지연은 충격을 받았고 상심을 했지만 결국 극복하고 지금은 자매로서 그리고 한 사내를 함께 섬기는 부인으로서 잘 지내고 있다.

고옥군의 일은 나중에 기회를 봐서 차차 말하려고 했으나 한매선이 이미 독고 자매에게 터뜨려 버렸을 테니 차라리 잘된 일이다.

도무탄이 북경성에 없기 때문에 독고 자매의 원망을 직접 받지 않아도 된다.

좀 비겁하지만 어쩌면 그편이 그에게나 그녀들에게나 더 수월할지도 모르겠다.

우란화의 일도 그런 식으로 하면 될 터이다. 일단 저질러 놓으면 독고 자매나 고옥군도 어쩔 수 없을 것이다. 하지만 이런 일이 자꾸만 반복돼서는 안 된다. 우란화가 마지막 여자여야만 한다.

소연풍은 도무탄에게 이미 여러 여자가 있다는 사실을 알고 있으면서도 자신의 사촌 여동생을 억지를 써서라도 그의 여자로 만들려 하고 있다. 그만큼 그가 마음에 들었기 때문일 것이다.

도무탄이 우란화를 끝내 거절하면 소연풍하고의 사이도 서먹해질 터이다.

그러므로 우란화를 받아들이면 이래저래 누이 좋고 매부도 좋은 일이다.

"고맙소, 청 형."

"결심하셨습니까?"

도무탄이 손을 잡자 청명은 환한 표정을 지으며 물었다.

"그렇소. 우란화를 받아들이겠소."

"굉장합니다."

"뭐가 말이오?"

청명은 입에서 침을 튀기며 설레발을 피웠다.

"천하에서 가장 아름답다는 천하이미를 거느린 데다 그녀들 못지않은 두 분의 미녀까지 거느리셨으니 대저 당금 천하의 어떤 복 많은 사내가 도 시주만 하겠습니까?"

도무탄은 쑥스럽게 미소 지었다.

"어쩌다 보니까 그리되었소. 너무 꾸짖지 마시오."

"어이구, 꾸짖기는요. 부러워서 죽을 지경입니다."

"그러면 나중에 나의 네 여자 모두와 함께 청 형하고 술을 한번 마셔봅시다."

청명은 상상만으로도 황홀한 표정을 지었다.

무운자는 세 문파의 믿을 만하고 중추적인 역할을 하는 사람을 데려오는 데 반 시진이면 충분하다고 말했는데 한 시진이 넘도록 아무 소식이 없다.

그렇지만 도무탄은 초조해하시 않고 차분하게 기다렸다. 청성파는 장문인과 청성삼로 등이 죽었기 때문에 마음대로 활동을 할 수 있지만, 세 문파는 꼭두각시 세력들이 아직 건재하므로 조심해야 할 터이다.

더구나 무운자로서는 장문인과 청성삼로가 없는 청성파를 추슬러서 재정비를 하는 일도 게을리할 수가 없다.

무운자가 네 명의 낯선 도사를 데려온 것은 그로부터 반 시진이 더 지난 후다.

네 명 중에 점창파 사람이 둘이고, 곤륜파와 공동파 사람은 한 명이다.

지금 상황에서는 사람 머릿수가 많은 게 중요한 것이 아니라 그들이 스스로의 문파에서 얼마나 핵심적인 인물이냐가 중요하다.

네 명의 도사는 다들 육십 대였으며 눈에서 정광이 일렁거리는 것으로 미루어 정의로우면서도 또한 공력이 심후한 것이 분명했다.

무운자는 이들 네 명에게 등룡신권의 출현과 그가 청성파에서 한 활약에 대해서 이미 충분하게 설명을 했으므로 이제 이들이 할 일은 등룡신권을 직접 자신의 눈으로 보고 대화를 나누는 것뿐이다.

네 명의 도사는 등룡신권과 인사를 나눈 후에 끓어오르는 격동을 감추려고 하지 않았다.

"무량수불… 이런 날이 올 것이라고는 꿈에도 생각해 본 적이 없었소."

"자유를 잃고서야 자유가 얼마나 소중한지 뼈저리게 깨달았소이다. 이제 본 파가 정상을 되찾기만 한다면 본 파의 명운을 걸고서 절세불련과 싸울 것이오."

도무탄은 청성파 등 네 문파의 중추적인 인물들을 직접 대하니까 마음이 매우 든든했다.

그때 무운자가 한 명의 노도사를 가리키며 말했다.

"도 시주, 한 가지 크게 다행한 일이 있소이다."

"무엇입니까?"

"곤륜파는 건재하다고 하오."

"곤륜파요? 무슨 뜻입니까?"

"도장이 직접 말해보오."

무운자의 권유를 받은 곤륜파의 장로 풍검자(風劍子)가 칠흑처럼 새카만 긴 수염을 쓰다듬으며 자신이 할 말을 머릿속으로 정리한 후에 말문을 열었다.

"본 파의 장문인은 거짓으로 절세불련에 복종하는 시늉을 하고 있는 것이오."

"그렇습니까?"

"장문인은 빈도의 둘째 사형이며 언제든지 기회가 생기기만 하면 불처럼 일어나 절세불련에 항거하기 위해서 본 파를 똘똘 뭉쳐 놓았소."

"호오… 다행입니다."

도무탄이 반색하자 풍검자는 고개를 끄떡이며 믿음직스러운 미소를 지었다.

"결론적으로 말하자면 본 파에는 제거해야 할 배신자가 한 명도 없소이다. 다만 감시자로 와 있는 두 명의 소림승만 없애면 될 것이오."

"알겠습니다."

"도 시주가 허락한다면 본 파의 소림승 둘은 빈도들의 손으로 직접 처치하고 싶소."

"허락이라니요. 그런 일은 도장 뜻대로 하십시오."

"고맙소."

풍검자는 정중하게 고개를 숙여 보였다. 도무탄은 비록 어리지만 사대문파의 도사들은 어느덧 그를 자신들을 이끌어줄 지도자로 인정하고 있었다.

이제 생각해 보니까 도무탄은 곤륜파의 상황이 충분히 있을 수 있는 일이라고 생각했다.

영능이 사대문파에 꼭두각시 장문인과 장로들을 앉히고 감시자를 두었다고 해서 그들이 모두 배신의 길만을 걸으라는 법은 없다.

외부에서 장문인과 장로들을 영입해 온 것이 아니라 자파 내에서 선발했기 때문에 영능에게 무조건 충성하지 않을 가능성이 있는 것이다.

이어서 점창파와 공동파에서 온 도사들이 자신들 문파의 상황에 대해서 설명했다.

"그런데 사대문파가 정상을 회복하고 나서는 어떻게 할 계획이오?"

어느덧 대화가 얼추 끝나갈 무렵 공동파에서 온 예전에 장로였었던 자하선인(紫霞仙人)이라는 도사가 진지한 얼굴로 도무탄에게 물었다.

사실 그것은 그뿐만이 아니라 모두들 몹시 궁금하게 여기고 있는 일이기도 하다.

사실 이들 사대문파가 자파의 꼭두각시 장문인과 장로, 소림승을 비롯한 배신자들을 스스로의 힘으로 제거하는 일은 어렵다고는 해도 전혀 불가능한 일은 아니었다.

하지만 그렇게 하고 나서가 문제다. 아무런 대책도 없이 무조건 꼭두각시들과 감시자를 처치하면 뭘 어떻게 하겠다는 것인가.

그래 봤자 혼자서 독불장군처럼 절세불련에 반기를 드는 형국이고, 결국에는 아무 성과도 거두지 못한 채 처절한 응징을 당하고 말 터이다.

영능처럼 괴팍하고 잔인한 인물이라면 절세불련의 모두에게 경종을 울리는 의미에서 반기를 든 문파를 아예 멸문시켜 버리는 것쯤은 눈 하나 까딱하지 않고 해치울 터이다.

그렇듯이 꼭두각시들을 처치해 봤자 별 뾰족한 방법이 없기 때문에 사대문파는 억압과 분노를 꾹꾹 눌러서 참고 있었던 것이다.

질문을 한 자하선인은 물론이고 모든 도사가 긴장한 표정으로 도무탄을 주시했다.

도무탄은 지금이 매우 중요한 순간이라는 것을 알고 있다.

"여러분은 절세불련과 맞서 싸울 각오입니까? 아니면 자파의 안위만 챙길 생각입니까?"

도무탄이 조용한 목소리로 묻자 자하선인이 부러지는 듯한 어조로 대답했다.

"안위만 챙길 생각이라면 본 파가 지금처럼 이대로 꼭두각시 장문인 밑에서 연명해도 상관이 없소. 그러나 절세불련에 맞서려는 각오를 하고 있으니까 배신자 장문인 일당을 제거하려는 게 아니겠소? 모두들 그렇지 않소?"

자하선인이 다른 도사들을 둘러보면서 묻자 그들은 일제히 고개를 크게 끄떡였다.

사대문파 모두들 절세불련과 일전을 불사하겠다는 각오인 것을 알고 도무탄은 잠시 생각에 잠겼다.

그가 이곳에 온 원래 목적은 수라마룡을 도와 위기에서 구하려는 것이었으나 지금은 상황이 많이 변했다. 그러므로 목적도 변해야 한다고 생각했다.

"여러분과 의논할 일이 있습니다."

도무탄의 표정이 매우 심각해지는 것을 발견한 도사들은 더욱 긴장했다.

"저는 원래 이곳에 다른 목적으로 왔었으나 일이 이렇게 된 이상 승부수를 던져 볼까 합니다."

무운자를 비롯한 도사들은 도무탄이 절세불련으로부터 사대문파를 구하려고 오지는 않았을 것이라고 애초부터 짐작은 하고 있었기에 그가 정작 무슨 목적으로 이곳에 왔는지 몹시 궁금했다.

"도 시주는 이곳에 어떤 목적으로 왔소?"

"수라마룡을 구하려고 왔습니다."

"수라마룡을?"

"그게 정말이오?"

설마 도무탄이 마황인 수라마룡을 구하러 왔을 줄은 추호도 예상하지 못했던 도사들은 크게 놀랐다.

모두들 등통신권이 정의로운 인물이라고 굳게 믿고 있는 상황에서의 이런 말은 대단히 충격적이었다.

이곳에 있는 사대문파는 수라마룡을 죽이려는 영능을 돕기 위해서 달려왔다.

그런데 수라마룡을 구하러 온 도무탄의 도움을 받게 되었으니 묘한 인연이 아닐 수 없다.

하지만 이 자리에 있는 도사들은 심지가 깊고 도량이 넓으며 도무탄을 믿기에 그에게 필경 무슨 곡절이 있을 것이라고 생각했다.

"도 시주가 어째서 수라마룡을 구하려고 하는 것인지 말해 주겠소?"

"그러겠습니다."

도무탄은 본래 이곳까지 오게 된 경위와 목적에 대해서 자세히 설명을 했다.

그러다 보니까 자연히 소연풍과 주천강과 함께 왔다는 말도 할 수밖에 없었다.

도무탄이 설명 끄트머리에 소연풍과 주천강의 얘기를 하자 도사들은 대경실색한 나머지 잠시가 지나서야 겨우 무거운 신음을 흘렸다.

"음, 설마 무적검룡과 독보창룡도 이곳에 함께 왔다는 말이오?"

"그렇습니다."

무운자가 너무 목이 잠겨서 연신 헛기침을 하면서 겨우 물었고 도무탄은 태연하게 대답했다.

"무량수불… 도 시주와 그들은 어떤 관계요?"

"친구입니다."

"어느 정도 친분이오?"

무운자는 도무탄이 영능과 절세불련에게 승부수를 던지면 무적검룡과 독보창룡도 도울 만큼 친분이 있느냐고 묻고 싶은 것이다.

도무탄은 빙그레 미소 지었다.

"그들 두 친구는 제가 절세불련과 싸운다면 무조건 저를 도울 겁니다."

"오……."

"그래준다면야……."

몇 사람 입에서 탄성과 중얼거림이 흘러나왔다.

인내심이 별로 없는 자하선인이 급히 물었다.

"도 시주는 어쩔 계획이오?"

도무탄은 아까 청명과 단둘이서 농담처럼 이런저런 얘기를 주고받는 동안에 머릿속으로 따로 궁리하다가 내린 결론을 이 자리에 꺼내놓았다.

"조금 전에 말씀드린 것처럼 이곳에서 영능을 비롯한 절세불련하고 끝장을 보고 싶습니다."

바짝 긴장한 도사들은 눈도 깜빡이지 않으면서 도무탄을 주시했다.

"어떻게 말이오?"

도무탄은 눈을 빛냈다.

"이곳에서의 절세불련은 산중에 고립된 상황이기 때문에 오천여 고수가 전부입니다. 그리고 우리 쪽에도 오천여 고수가 있습니다."

"절세불련에는 절세불룡 하나뿐이지만 우리 쪽에는 삼룡이나 있소."

자하선인이 중요하면서도 모두 다 알고 있는 사실을 다시 한 번 상기시키자 풍검자가 새로운 사실을 일깨워 주었다.

"만약 위기에서 벗어난 수라마룡이 우리를 돕는다면 우리 쪽은 사룡이오. 더구나 마도 고수들까지 합세하면 절세불련을 이곳 산중에 깡그리 묻어버릴 수 있소."

"마도의 힘을 빌리자는 말이오?"

점창파의 도사 한 명이 눈살을 찌푸리자 무운자와 풍검자 등 모두 한마디씩 했다.

"거센 불길이 온 집 안을 태우고 있는데 깨끗한 물 더러운 물을 가릴 셈이오?"

"도 시주가 수라마룡을 구하려는 의도가 그자의 도움을 이끌어내려는 것이 아니었소?"

"절세불련을 괴멸시키는 데 마도의 힘이면 어떻고 사파의 힘이면 어떻다는 말이오? 할 수만 있다면 악마의 힘이라도 빌리고 싶소."

점창파 도사는 말 한마디 잘못했다가 뭇매를 얻어맞고는 풀이 팍 죽었다.

"아… 알아서들 하시오."

도무탄은 잠잠해지기를 기다렸다가 생각해 두었던 것 중에 하나를 진중하게 꺼냈다.

"절세불련 쪽에 오대문파가 있지 않습니까?"

무운자가 고개를 끄떡였다.

"절세불련의 중추적인 역할을 하는 문파라면 그렇소. 소림사를 위시한 무당파와 화산파, 아미파, 종남파가 하남성과 호북성, 산서성 등지의 수십 개 방, 문파를 이끌고 있는 것으로 알고 있소."

도무탄의 얼굴이 더욱 진지해졌다.

"소림사를 제외한 사대문파 중에서 우리 편으로 설득할 문파가 없겠습니까?"

"오……."

"그런 방법이……."

자신들의 코가 석 자나 빠져 있어서 그런 방법까지는 미처 생각하지 못했던 도사들은 크게 감탄하여 서로의 얼굴을 쳐다보며 의견을 나누었다.

"화산파라면 어떻소?"

"빈도가 화산파의 장문인과 잘 아는 사이이니까 은밀하게 만나서 얘기를 해보겠소."

"무당은 무조건 안 되오. 그들은 소림사보다 더하면 더했지 절대 못하지 않소."

"아미파는 억지로 끌려다니는 것 같기는 한데 어떻게 접근할 방법이 없소이다. 여승들만 있는 곳이라서 매사에 조심스럽소."

第九十九章

수라마룡의 비참함

등룡기

그로부터 이각 정도 더 긴밀한 대화를 나누고 나서 도무탄은 점창파 두 도사 점창쌍운선(點蒼雙雲仙)의 안내를 받아 그들의 뒤를 따랐다.

　점창파에는 제거할 자가 많다고 한다. 장문인과 네 명의 장로인 점창사로(點蒼四老), 그리고 그들의 제자와 형제들까지 합해서 오십여 명이나 된다는 것이다.

　점창파 전체 고수의 수가 오백여 명 정도이니까 장문인을 비롯한 배신자 오십여 명이 점창파 전체를 좌지우지하는 것은 쉬운 일이었을 것 같았다.

더구나 점창파에서는 장문인과 점창사로의 무공이 가장 고강하므로 아무도 그들을 건드리지 못했었다.

도무탄은 점창파 도사의 복장으로 갈아입은 모습이다. 그와 점창쌍운선은 어느덧 점창파 진영으로 깊숙하게 들어와서 걸어가고 있다.

그런데 앞서 걷던 점창쌍운선이 한곳을 주시하면서 걸음을 멈추더니 난감한 표정을 지었다.

[저기⋯⋯.]

[저게 어찌 된 일인가?]

두 사람이 주시하는 곳에는 모닥불가에 십오륙 명이나 둘러앉아서 뭔가 진지한 대화를 나누고 있었다.

저곳은 원래 점창 장문인이 두 명의 소림승과 함께 있었던 곳인데 지금은 너무 많은 사람이 모여 있다.

아까 점창쌍운선이 확인했을 때에는 장문인과 두 명의 소림승뿐이었다.

그런데 지금 저 광경을 보면 점창쌍운선이 청성파에 다녀오는 동안에 무슨 일이 있었던 것 같다.

도무탄은 오륙 장 거리인 그곳에서 무슨 대화를 나누는지 귀를 기울여서 들어보다가 움찔 표정이 변했다.

지금 그들은 청성파에 대해서 얘기하고 있는 중이었으며, 놀라운 사실은 청성파 내에서 벌어졌던 일을 어느 정도까지는 상세하게 알고 있다는 것이다.

즉, 장문인과 청성삼로, 제자들이 죽었으며 무운자를 중심으로 청성파가 빠르게 재정비되고 있다는 사실 등에 대해서 대화를 하는 중이다. 그렇지만 등룡신권에 대해서는 모르고 있는 것 같았다.

'첩자가 있었군.'

도무탄은 그렇게 판단했다. 청성파 내부에 어떤 형태든지 첩자가 없었다면 이들이 현 상황에 대해서 이렇게 신속하고도 정확하게 알고 있을 리가 없다.

그래서 지금 이들 검창 장문인과 검창사로, 측근들은 청성파의 변화를 어떻게 할 것인지에 대해서 대책을 상의하고 있는 중이다.

도무탄이 그들의 대화를 듣고 있을 즈음 그를 안내한 검창쌍운선도 대화를 듣고는 크게 놀라고 있었다. 설마 이런 상황이 될 줄은 상상도 하지 못했다.

[지금 해치워야겠습니다.]

도무탄의 전음에 검창쌍운선은 적잖이 놀라 그들 중 한 명이 도무탄의 팔을 잡고 한쪽의 몇 그루 나무가 있는 쪽으로 이끌었다.

[저들은 장문인과 장로들을 비롯해서 무려 십육 명이나 되며 본 파의 최고수라고 할 수 있소. 그런 저들을 도 시주 혼자

한꺼번에 해치울 수 있겠소?]

[아마 해치울 수는 있겠지만 조금 소란스러운 상황이 될지도 모르겠습니다.]

[어느 정도 소란스럽다는 것이오?]

도무탄은 진중하게 대답했다.

[장문인이 있는 곳을 중심으로 최소한 주위 이십여 장 내에서는 저들이 죽으면서 내는 신음이나 작은 소음 따위를 알아차릴 수도 있을 것입니다.]

점창쌍운선이 둘러보니까 이곳에 있는 장문인과 점창사로 등을 제외한 배신자 일당 나머지 삼십오륙 명은 모두 이십여 장 이내의 모닥불에서 휴식을 취하고 있는 중이다.

그러므로 만약 장문인이 있는 곳에서 작은 소란이라도 벌어지면 지척지간에 있는 일당이 모를 리가 없다.

점창쌍운선은 잠시 생각하더니 도무탄에게 이곳에서 잠시 기다리고 있으라고 말했다. 자신들이 가서 대책을 마련해 놓은 후에 돌아오겠다는 것이다.

대책이라고 하는 것은 나머지 배신자 삼십오륙 명을 처치할 만반의 준비를 해두겠다는 뜻이다.

도무탄은 몇 그루 나무 뒤쪽에 혼자 서서 점창 장문인이 있는 곳을 응시하며 그들의 대화를 들었다.

저들의 대화는 거의 마무리가 되어가고 있는 중이다. 점창 장문인은 지금 당장 경공술이 뛰어난 제자 두 명을 절세불련의 영능에게 보내서 이곳의 상황을 알리고, 점창사로를 청성파로 보내서 은밀하게 무운자를 제압하거나 죽이는 것으로 결정을 내렸다.

"어서 행동에 옮기도록 하라."

점창 장문인이 명령을 하자 그곳에 있던 도사들이 한꺼번에 우르르 일어섰다.

그것을 보고 있는 도무탄은 마음이 급해져서 즉시 숨어 있던 나무에서 밖으로 나왔다.

만약 지금 당장 손을 쓰지 않으면 곤란한 상황이 전개될 것이 분명하다.

언제 올지 모르는 점창쌍운선을 막연하게 기다리기에는 지금 상황이 너무 급박하다.

모여 있는 자들이 아직 점창 장문인에게서 시선을 떼지 못하고 그의 마지막 말을 듣고 있는 동안에 도무탄은 빛살처럼 그곳으로 쏘아갔다.

이어서 모였던 자들이 흩어지기 위해서 일제히 몸을 돌리는 행동을 취할 때 한 줄기 무형지기가 그들 틈새로 파고들어 점창 장문인의 콧등을 꿰뚫었다.

팍!

"큭……."

미약한 음향과 신음이 터지자 몸을 돌리던 자들은 점창 장
문인 쪽으로 고개를 돌렸다.

그들이 점창 장문인이 두 눈을 까뒤집은 채 뒤로 쓰러지고
있는 모습을 발견했을 때 그들 사이에서 작은 가죽 북을 신나
게 두드리는 소리가 흘렀다.

퍼퍼퍼퍽!

뒤이어 쏘아온 무형지기에 여섯 명이 동시에 그 자리에서
풀썩풀썩 짚단처럼 쓰러졌다.

그런데 그들이 방패막이가 되어준 덕분에 무사한 그들 뒤
쪽의 아홉 명이 어깨의 검을 뽑으면서 도무탄을 향해 곧장 공
격해 왔다.

차차창―

그게 아니다. 공격해 오는 자는 일곱 명이고 두 명이 공격
하는 척하다가 방향을 꺾더니 한쪽 방향으로 전력을 다해서
쏘아갔다.

도무탄은 그들 두 명이 이곳의 상황을 영능에게 알리라는
명령을 받은 자들일 것이라고 짐작했다.

"습격이다! 장문인과 장로들께서 당하셨다!"

"모두 일어나서 암습자를 공격하라!"

더구나 그 두 명은 쏘아가면서 우렁찬 소리로 마구 악을 써
댔다. 깊은 산속의 고요함은 그들의 고함으로 인해 산산이 깨

어졌다.

　당황한 도무탄은 우선 그들 두 명을 죽여야겠다는 생각에
오른 주먹을 그들을 향해 불쑥 뻗었다.

　후아아—

　번쩍! 하고 흐릿한 백색 빛줄기가 뿜어져 나가다가 두 개로
갈라져서 이십여 장 밖을 쏘아가고 있는 두 명의 뒤통수를 정
확하게 적중시켰다.

　퍼퍽!

　둘의 어깨 위에서 머리통이 박살 나서 허공중에 흩어졌지
만, 몸뚱이는 아직 머리를 잃었다는 사실을 모르는 듯 계속
앞으로 달려 나가다가 거꾸러졌다.

　쐐애액! 쉬익!

　그 순간 도무탄을 공격하고 있는 일곱 명의 일곱 자루 검이
소나기처럼 그의 온몸으로 쏟아져 내렸다.

　도무탄은 방금 두 명을 죽이기 위해서 오른팔을 길게 뻗은
상태이기 때문에 휘몰아치고 있는 일곱 자루 검에 대처하거
나 피할 방법이 없다.

　그의 몸이 금강불괴지신이거나 순식간에 몸을 사라지게
하는 신선의 능력이 없는 한 일곱 자루 검에 난도질을 당하고
말 일촉즉발의 상황이다.

　그렇지만 그는 무턱대고 자신을 사지로 몰아넣은 것이 아

니다. 아직 실제로 전개해 본 적은 없지만 충분히 가능성이 있는 수법 하나가 있기에 내심 여유를 부렸다.

그는 일곱 자루 검이 자신의 몸에 닿기 직전에 온몸으로 용천기를 폭발하듯이 뿜어냈다.

부악—

찰나지간 그의 몸이 마치 하나의 눈부신 태양으로 변한 것처럼 강렬한 광채가 사방으로 뿜어졌다. 그것은 마치 태양이 작은 폭발을 일으키는 것 같았다.

스파아아—

그리고 찬란한 광채가 덮쳐 오던 일곱 자루 검과 일곱 명을 뒤덮으며 휩쓸었다.

그것은 마치 수만 개의 가느다랗고 작은 칼날이 사방으로 뿜어져 나간 듯한 결과를 만들어냈다.

촌각을 백으로 나눈 듯한 짧은 순간에 광채가 번뜩이고 사라진 곳에는 손톱 크기로 잘라진 수만 개의 육편(肉片)이 눈송이처럼 자욱하게 내리고 있었다.

도무탄의 온몸에서 발출된 용천기의 찬란한 광채가 공격하던 일곱 명의 몸을 켜켜이 잘라서 이 지경으로 만들어 버린 것이다.

슉—

단지 두 번의 출수로 호흡조차 거칠어지지 않은 도무탄은 사뿐히 지상에 내려섰다. 원래 그가 의도했던 것보다 더 큰 소동을 일으켰기 때문에 이변이 없는 한 주위의 점창과 고수들이 대부분 깨어나서 방금의 광경을 목격했을 것이라는 게 그의 예상이다.

역시 그의 짐작은 틀리지 않았다. 이변이라는 것은 아무 때나 일어나지 않는 법이다.

그가 천천히 주위를 둘러보고 있는 가운데 주변에 있던 점창 고수 수십 명이 무리를 지어 검을 뽑으면서 천천히 도무탄에게 모여들고 있었다.

도무탄은 씁쓸한 표정을 지었으나 특별한 행동을 취하지는 못하고 그 자리에 묵묵히 서 있었다.

이들은 점창 장문인하고 아무런 연관도 없는데 함부로 죽일 수는 없는 노릇이다.

그렇다고 이대로 서 있다가는 공격을 받게 되기가 십상일 터인데 그는 이러지도 저러지도 못하는 난감한 상황에 처해서 우두커니 서 있기만 했다.

그는 또 여기에서 이런 소란이 벌어지면 공동파에서 눈치를 챌지도 모른다는 염려가 생겼다.

사대문파의 장문인 무리는 남의 문파에 첩자를 심어두는 등 별 짓을 다 하는데 옆 문파에서 이 정도의 소란이 벌어지는 것을 공동파가 모를 리 없을 터이다.

도무탄 한 사람에게 모여든 점창 고수는 순식간에 백여 명으로 불어났다.

난감해진 도무탄은 결국 한 가지 방법을 택하기로 마음먹었다. 즉, 일단 이 자리를 벗어나는 것이다.

"물러서라!"

그때 도무탄을 포위하고 있는 점창 고수들 뒤쪽에서 나직한 호통이 터졌다.

그러자 점창 고수들이 좌우로 갈라지면서 그곳에 통로가 생겨나더니 두 사람의 모습이 보였다. 그들은 다름 아닌 점창쌍운선이었다.

"도 시주, 괜찮으시오?"

"저는 괜찮습니다."

점창쌍운선은 계속 몰려들고 있는 점창 고수들에게 엄한 표정으로 손을 저어 비키라고 하면서 장문인과 점창사로 등이 있는 쪽을 쳐다보려 했으나 점창 고수들에게 가려져서 육안으로 확인할 수는 없었다.

"그들은 모두 죽었습니다."

도무탄의 말을 듣고 점창쌍운선 얼굴에 환한 표정이 파도처럼 떠올랐다.

"장문인과 사로 모두 말이오?"

"그렇습니다. 영능에게 이곳의 상황을 알리려고 출발하던 두 명과 다른 아홉 명 모두 죽었습니다."

몰려든 점창 고수들은 이들의 대화를 듣고는 자신의 귀를 의심할 정도로 대경실색했다.

점창쌍운선이 점창 고수들을 둘러보면서 열띤 표정과 웅혼한 어조로 낮게 외쳤다.

"모두 들었느냐? 본 파의 배신자였던 장문인과 점창사로는 이미 죽었다!"

"이제 우리는 한시바삐 본 파를 재정비하여 절세불련과 싸울 태세를 갖추어야 한다!"

점창 고수들은 크게 놀라 술렁거렸다. 점창쌍운선이 그들에게 첫 번째 명령을 내렸다.

"지금 즉시 배신자 잔당들을 색출하여 처단하라."

점창 고수 모두의 얼굴에 기쁨과 흥분이 떠올라 교차하더니 한순간 사방으로 신형을 날려 흩어졌다.

"두 분."

도무탄은 여기에서 이 정도로 소란을 피웠으니 공동파가 알아차려도 벌써 알아차렸을 것이라는 생각에 걱정이 앞서 점창쌍운선에게 다가갔다.

"걱정 마시오, 도 시주."

점창쌍운선은 도무탄이 무엇을 걱정하는지 알고 있는 듯 환한 미소를 지었다.

"공동파는 이미 자체적으로 배신자들을 처리했소."

도무탄은 귀를 의심했다.

"정… 말입니까?"

그런 일이 생길 것이라고는 일 푼도 생각하지 않았던 도무
탄이라서 놀라움이 매우 컸다. 아니, 그는 그렇게 하는 방법
이 존재한다는 사실조차도 몰랐었다.

"정말이오. 아까 도 시주가 만났었던 공동파 구소자(九霄
子)는 만일을 대비해서 평소에 공동파 내에 강력한 조직을 결
성해 두었는데 조금 전에 돌아가서 동료들을 모아 단번에 장
문인과 장로들, 그리고 잔당 삼십여 명을 깡그리 처치했다는
것이오."

도무탄은 진심으로 기뻐하며 점창쌍운선의 손을 덥석 붙
잡고 흔들었다.

"다행입니다."

그로서는 자신이 직접 손을 써서 공동파의 배신자들을 죽
이지 않아도 되는 것이 기뻤으나, 그보다도 아직 정의가 살아
있다는 사실을 확인한 것이 더욱 기뻤다. 그런 생각을 하자
피곤한 줄도 모르고 절로 힘이 마구 솟구쳤다.

점창쌍운선은 흥분을 겨우 억누르는 표정을 지었다.

"무량수불… 이제부터는 전체 재정비를 해야겠군."

도무탄이 당부했다.

"점창파뿐만이 아니라 점창파가 이끌고 온 그 지역의 방, 문파들까지도 책임을 져야 할 것입니다."

"당연하오."

사대문파는 자파를 정비하는 한편 자신들이 이끌고 온 방, 문파들에게 오늘 밤에 일어난 사건에 대해서 설명하고 또 동조를 이끌어내느라 전력을 쏟았다.

그러는 동안 도무탄은 사대문파에서 선발한 일류고수 이십 명씩 도합 팔십 명을 이끌고 야영지 주변을 샅샅이 수색하기 시작했다.

그것은 순전히 그의 직감이지만, 사대문파나 각 방, 문파에서 이탈한 고수들이 야영지 주변에 숨어 있거나 아니면 도주를 하거나 절세불련에게 이 사실을 알리려고 할지 모른다는 생각이 들었다.

도무탄은 세 가지 원칙을 세워서 실행에 옮겼다. 숨어 있는 자들은 제압해서 잡아들였으며, 지금까지 왔던 방향으로 도주하는 자들은 내버려 두었고, 절세불련이 있는 방향으로 가는 자들은 불문곡직 잡아 죽였다.

숨어 있는 자들은 어찌 된 상황인지 몰라서 일단 숨어서 상황을 살피려고 했을 가능성이 크기 때문에 그들이 속해 있던 본래의 방, 문파로 보냈다.

왔던 방향으로 도주하는 자들은 순전히 죽는 것이 두려운 것이므로 살려주는 것이고, 절세불련으로 향한 자들은 앞잡이라고 여겨서 죽인 것이다.

그런데 뜻밖에도 숨어 있거나 도망친 자가 꽤 많았는데 절세불련으로 향한 자도 수십 명이나 됐다.

도무탄은 그들을 첩자라고 판단하여 발견하는 족족 남김없이 다 죽였다.

밤중이고 또 방향을 몰라서 그쪽으로 가고 있었다고 울부짖는 자들이 있었으나 이것저것 사정을 봐줘가면서 살려줄 수 없기에 가차 없이 죽였다.

동이 트고 나서도 한 시진 이상 시간이 흐른 진시(아침 8시) 무렵이 돼서야 사대문파와 전체 방, 문파들의 정비가 어느 정도 끝났다.

이들은 겉으로 보기에는 지난밤하고 별반 다를 바가 없는 것 같지만 실상은 전혀 다른 사람들이다.

지난밤에 이들은 절세불련의 휘하로서 마지못해 영능을 도우러 가는 길이었다.

하지만 오늘 아침에는 반대로 절세불련을 토벌하러 가기 직전의 활기찬 모습이다.

도무탄은 절세불련을 치러 가는 것을 사대문파는 물론이

고 수십 개 방, 문파 각자의 뜻에 맡겼다.

지금은 한 명이라도 필요할 때라면서 사대문파는 결사적으로 만류했으나 도무탄의 생각은 달랐다.

싸우기 싫다는 사람을 억지로 끌고 가봐야 짐만 되거나 때에 따라선 방해만 될 뿐이다.

그런 사람들은 그냥 속 시원하게 내버려 두고 가는 편이 외려 편하다.

그렇게 해서 남은 수가 사천이백여 명 정도다. 도무탄이 예상했던 것보다 많은 수라서 한시름 놓았다. 그리고 한 가지 중요한 것은 사천이백여 명의 시기가 하늘을 찌를 듯이 드높나는 사실이다.

사대문파를 이끌 임시 장문인으로는, 청성파에서는 무운자, 점창파는 점창쌍운선의 광운선(光雲仙), 곤륜파는 풍운자, 공동파는 구소자가 선출되었다.

산속 근방에서 가장 넓은 공터에 사천이백여 명이 바늘 하나 꽂을 틈조차 없을 정도로 빽빽하게 모여서 전방을 주시하고 있다.

하지만 그렇게 많은 사람이 모여 있는데도 숨소리조차 들리지 않을 만큼 조용했다.

깊은 산중에 사천이백여 명이 한꺼번에 모일 수 있을 만한 큰 공터가 있을 리가 만무해서 사람들은 최대한 밀집해서 모였다.

그리고는 모두들 맨 앞쪽에 서 있는 도무탄을 조금이라도 보려고 한껏 까치발을 딛고 목을 길게 뺐다.

그러나 도무탄을 볼 수 있는 사람은 앞쪽의 수백 명 정도에 불과했다.

"도무탄입니다."

도무탄은 나직하지만 웅혼한 목소리로 첫마디를 꺼냈다.

"안 보입니다!"

"도 대협의 얼굴을 보여주십시오!"

그러자 뒤쪽에서 안타까운 외침들이 와르르 쏟아졌다.

도무탄은 주변을 둘러보았으나 올라설 만한 바위도 없고 적당한 나무도 없다.

그의 양쪽에 늘어선 임시 사대문파 장문인들은 마땅한 방도를 찾지 못해서 씁쓸한 표정을 지었다.

그래서 도무탄은 어쩔 수 없이 그 자리에서 수직으로 몸을 둥실 띄웠다.

스으…….

"아……."

"저런……."

그가 느릿하게 떠오르는 광경을 보고 사대문파 장문인들

과 앞쪽의 사람들은 크게 놀라고 감탄하여 벌린 입을 다물지 못했다.

그는 지상에서 이 장 반 높이의 허공에 정지하여 전방에 모여 있는 사람들을 둘러보았다.

매우 높은 위치로 솟구쳤기 때문에 사천이백여 명이 한눈에 거의 다 보였다.

이곳에 모여 있는 사천이백여 명 중에서 허공을 계단처럼 걷는 허공답보(虛空踏步)의 최고급 경신법은 물론이거니와 허공중에 정지해 있는 수법을 펼칠 수 있는 사람은 도무탄을 제외하곤 단 한 명도 없다.

"이쪽에 잘 안 보입니다!"

도무탄의 왼쪽 이십여 장쯤 떨어진 곳에 한 그루 거목이 있는데 그 뒤쪽에서 누군가의 외침이 들렸다.

도무탄이 보기에도 거목만 없애 버리면 삼사십 명의 시야가 트일 것 같았다.

"물러서시오."

그가 거목을 가리키자 거목 주위에 있던 사람들이 주춤거리며 썰물처럼 뒤로 물러났다.

사람들은 그가 대관절 어쩌려는 것인지 영문도 모르는 채 어리둥절한 표정을 지었다.

그렇지만 설마 그가 이십여 장 거리의 거목을 뽑아버릴 것이라고는 꿈에서도 상상하지 못했다.

슥—

도무탄이 거목을 향해서 오른손을 뻗는 것을 보고서야 사람들은 이제부터 그가 무엇을 할 것인지 어렴풋이나마 추측하고는 놀라움과 기대가 교차하는 표정을 지으며 그에게 시선을 고정시켰다.

그득…….

어른 두 팔로 세 아름은 족히 되고도 남을 거목이 도무탄의 손짓 하나에 그대로 뽑히는가 싶더니 허공으로 불쑥 솟구쳤다가 휘잉! 하고 파공음을 내면서 수백 명의 머리 위를 날아서 저 멀리 사라져 갔다.

쿵! 우지직…….

사람들은 수백 장 밖에서 지축을 울리는 둔중한 음향이 터지는 것을 아련하게 들으면서 꿈을 꾸는 듯 망연자실한 표정을 지었다.

이 순간 모두의 마음속에는 등룡신권에 대해서 수백 마디 말로 칭송하는 것보다 더 강력한 첫인상이 뇌리에 뚜렷하게 각인(刻印)되었다.

"다시 인사하겠습니다. 도무탄입니다."

도무탄의 잔잔한 목소리가 울려 퍼지자 사천이백여 명의 심중 깊은 곳에서는 저절로 존경과 흠모의 마음이 뜨거운 온

천처럼 콸콸 솟구쳤다.

"와아아―!"

"우와아아―!"

누가 먼저랄 것도 없이 시친이백여 명이 갑자기 우레 같은 함성을 질러댔다.

사대문파 장문인들이 도무탄에게 입을 모아서 간곡하게 부탁하지 않았으면 그는 절대로 이런 자리에 나서지 않았을 것이다.

장문인들은 도무탄이 한 번 나서서 얼굴을 보여주며 짧은 연설이라도 해주는 것만으로 사천이백여 명의 사기가 몇 배나 증폭될 것이라고 장담했었다. 과연 장문인들의 말이 백 번 옳았다.

                    *   *   *

수라마룡은 절세불련의 선발대에 거의 따라잡히기 직전의 상황에 처했다.

절세불련 오천 명은 워낙 덩치가 크기 때문에 영능은 수라마룡을 따라잡기 위해서 특단의 조치를 취했다.

소림과 무당 등 오대문파에서 정예 고수를 각 백 명씩 도합 오백 명을 뽑아서 선발대로 구성하여 이끌고 수라마룡을 추격한 것이다. 그래서 지금 마침내 수라마룡의 뒷덜미를 잡기 직전의 상황이다.

수라마룡이 영능과 선발대에게 발목이 붙잡혀서 싸우게 된다면 오래지 않아서 사천오백 명이 들이닥칠 테고, 그로써 수라마룡은 끝장이다.

더구나 잠시도 쉴 틈 없이 도주하던 수라마룡의 앞길을 지금 거대한 강줄기가 가로막아 섰다.

회하의 최상류는 두 줄기이며 하나는 동북쪽의 동백산에서 발원하고 또 하나는 동남쪽의 계공산(鷄公山)에서 시작되는데 이것은 계공산의 강줄기다.

수라마룡의 측근 중에는 천하지리에 능통한 인물이 있어서 그가 길잡이를 하고 있었다.

그의 계산대로라면 이곳은 회하 최상류를 훨씬 지나서 계공산과 무승관(武勝關) 사이의 협곡이어야 하는데 난데없이 회하 강줄기가 나타났으니 미치고 환장할 노릇이다. 처음에 계산이 수십 장 빗나가면 나중에는 지금처럼 백 리 이상 차이가 나버린다.

"주군, 죽여주십시오."

수라마룡의 네 명의 최측근 수라사존(修羅四尊) 중에 길잡이를 한 명존(冥尊)은 수라마룡 발 앞에 몸을 던져 무릎을 꿇고 비통하게 외쳤다.

수라마룡의 평소 성격으로 미루어 봤을 때 명존의 이런 결정적인 실수는 목숨을 내놔도 부족하다.

그렇지만 수라마룡은 손수 허리를 굽혀 명존을 일으키며 위로했다.

지금 상황에서 명존을 죽인다고 해서 달라지는 것이 없음을 알기 때문이다.

"어쩔 수 없는 일이다. 너무 마음 쓰지 마라."

"주군……."

명존은 너무도 송구하고 감격하여 어쩔 줄을 모르고 왈칵 눈물을 쏟았다.

수라마룡은 강 앞에 섰다. 산중을 흐르는 강들이 대부분 깊은 계곡을 이루듯이, 이곳 역시 계곡 아래로 유유히 굽이쳐서 흐르고 있다.

회하가 워낙 거대한 강인 탓에 비록 이곳이 최상류라고는 하지만 폭이 이십오 장에 이르고 계곡의 깊이는 삼십여 장에 달했다.

그러므로 이들 무리 오백여 명 중에서 이곳을 단번에 날아서 건널 수 있을 만한 능력의 소유자는 수라마룡과 수라사존 정도에 불과할 것이다.

수라마룡은 자신의 뒤쪽에 모여 있는 오백여 명의 수하를 돌아보았다.

하나같이 지친 기색이 역력했으며 얼굴에는 절망의 기운이 서려 있었다.

이들도 다들 보는 눈이 있는 터라서 전방을 가로막은 강 앞에서 기운이 빠진 것이다.

수라마룡이 이들에게 이곳에서 쉬라고 명령하면 다들 그대로 주저앉거나 쓰러져서 한동안 일어나지 못할 것이다.

지금 이 순간에도 절세불련의 추격대는 빠르게 가까워지고 있다는 사실을 모르는 마도 고수는 한 명도 없다. 그래서 휴식을 취하기보다는 수라마룡이 빨리 어떤 명령이라도 내려주기를 기다리고 있다.

"주군. 여긴 속하들에게 맡기고 강을 건너십시오."

그때 수라사존의 우두머리격인 무존(武尊)이 수라마룡에게 가까이 다가와서 공손히 아뢰었다.

"무슨 소리냐?"

수라마룡이 와락 인상을 쓰면서 카랑카랑한 쇳소리를 내는데도 무존은 뜻을 굽히지 않았다.

"주군께서 건재하시면 마도 역시 건재합니다. 부디 냉철하게 사태를 파악하십시오."

무존의 깊은 뜻을 모르는 바 아니지만 수라마룡은 와락 그의 멱살을 움켜잡으며 꾸짖었다.

"입 다물어라, 무존. 한 번만 더 헛소리를 지껄이면 목을 비틀어 버리겠다."

"끄으으……."

수라마룡은 무존의 멱살을 놓고 명존을 다그쳤다.

"명존, 어서 갈 길을 안내해라."

명존은 커다란 실수를 저질렀음에도 불구하고 수라마룡이 여전히 자신에게 길안내를 맡기자 감격으로 눈물이 솟구치는 것을 겨우 참으면서 서둘러 강 상류로 향했다.

수라마룡과 마도 고수들이 강을 따라서 상류로 출발하려고 할 때 후미 쪽에서 다급한 외침이 터졌다.

"주군!"

수라마룡이 신형을 멈추고 뒤돌아서자 절세불련 선발대를 염탐하려고 뒤로 처졌었던 몇 명의 수하 중에 한 명이 후미 쪽에서 달려왔다.

"주군, 절세불련 선발대가 삼 리 뒤에서 바짝 추격하고 있습니다."

수라마룡으로서도 예상은 하고 있었으나 절세불련 선발대가 이렇게 빠른 시간에 따라잡을 줄은 몰랐다. 더구나 삼 리라면 너무 가깝다.

그 정도면 한 시진 안에 뒷덜미를 붙잡히고 말 것이다. 이곳 강에서 시간을 지체했기 때문이다. 아니, 지체라고 해봐야 채 반각도 지나지 않았다. 어차피 덜미를 잡힐 것인데 그 시기가 조금 빨라진 것이다.

수라마룡의 직속인 수라전의 고수, 즉 수라귀수 삼백 명만을 이끌고 도주했다면 이렇게 빨리 추격대에게 따라잡히지 않았을 것이다.

문제는 강서성의 마도 방, 문파 여러 곳에서 서둘러 선발한 이백여 명의 마도 고수이다.

그들의 수준은 수라귀수에 비해 현저하게 뒤처지기 때문에 도주할 때는 치명적이다.

그렇다고 필요할 때는 각 방, 문파에서 고혈을 짜내듯이 선발을 해놓고서는 상황이 변하여 이제는 거치적거리는 존재가 됐다고 해서 내버려 두고 가는 짓 따위는 수라마룡의 올곧은 성품으로는 하지 못한다.

그런데 지금으로썬 그것 말고는 도저히 어떻게 해볼 방법이 없는 것 같다.

마도 고수 이백여 명을 떼어두고 가면 빠져나갈 가능성이라도 있는 것이다.

[주군, 그것 말고는 달리 방법이 없습니다.]

수라사존의 무존이 가까이 다가와 수라마룡에게 조급한 목소리로 전음을 전했다.

'그것'이란 이백여 마도 고수를 떼어두고 가는 것을 뜻함이다. 그리고 수라마룡이 그런 생각을 하고 있다는 것을 무존이 알아차렸다는 것이다.

[주군께서 먼저 가시면 뒷일은 속하가 알아서 처리하겠습니다. 부디 뒤돌아보지 마시고 그냥 가십시오.]

조금 전에 무존이 혼자서 강을 건너 도주하라고 말했을 때 수라마룡은 그의 멱살을 잡고 화를 내면서 목을 비틀어 죽이겠다고 으름장을 놨다.

그런데 지금은 조금 전과 똑같은 상황인데도 수라마룡은 아무 말도 하지 못했다. 정말로 무존이 말하는 것 말고는 방법이 없기 때문이다.

[음, 선발대하고 싸워보는 것은 어떨까?]

혼자 도망친다는 것이 내키지 않는 수라마룡은 자신 없는 목소리로 차선책을 내놓았다.

무존의 얼굴에 단호한 표정이 떠올랐다.

[우리와 그들이 수로는 오백 대 오백으로 같지만 전력으로 치면 우리 쪽이 이 할쯤 부족합니다.]

[음…….]

[싸움도 열세지만 싸움을 반나절쯤 끌다 보면 추격대 본대가 당도하게 될 겁니다. 그때 가면 빼도 박도 못하고 벼랑 끝에 몰리게 됩니다.]

수라마룡은 입이 열 개라도 할 말이 없게 돼버렸다. 사실 호북성 북부지역 번성의 마도 최강자인 추혼마교를 정벌하자고 고집을 부린 사람이 수라마룡이었다.

　그리고 수라사존은 추혼마교 근방에 무당파와 소림사가 너무 가까이 있다는 이유를 들어서 반대를 했었지만 수라마룡의 고집을 꺾지 못했었다.

　[그래서 어떻게 하자는 것이냐?]

　[주군과 속하들, 그리고 본전의 삼백 수라귀수는 다 함께 무승관으로 갑니다.].

　수라마룡의 시선이 끄트머리에 불안한 표정으로 모여 서 있는 마도 고수들에게 향했고 무존의 무심한 전음이 고막을 파고들었다.

　[그리고 저들 이백 명이 이곳에서 절세불련 선발대를 맞이하여 싸울 것입니다.]

　수라마룡은 잔인함으로 소문났지만 무존은 한 술 더 떴다. 아니, 수라마룡은 싸울 때 잔인한 것이고, 무존은 권모술수에서 잔인한 것이다.

　[음…….]

　수라마룡은 수하들을 사지에 버려두고 가야만 하는 자신이 너무도 무능하고 비참해서 당장 죽고 싶은 심정을 간신히 억눌러 참았다.

第百章

수라마룡 대 절세불룡

푸드득—

도무탄이 날린 한 마리 전서구가 창공으로 드높이 퍼덕이
며 날아올랐다.

전서구 발목의 전통(傳筒) 안에는 도무탄이 소연풍과 주천
강에게 보내는 서찰이 들어 있으며 내용은 이러하다.

—절세불련 후발대 장악. 사대문파 등 사천이백 명이 그곳으로 가
고 있다. 나와 삼백 명이 선발대로 앞서 간다.

전서구는 개방 파양분타의 당무기가 준 것으로 암수 한 쌍이며, 따로 떨어뜨려 놓을 경우에는 서로를 기가 막히게 잘 찾아간다.

*   *   *

수라마룡은 머리를 바위에 부딪쳐서 죽고 싶은 심정이다. 아무짝에도 쓸모가 없는 대갈통이라서 목 위에서 뜯어내 짓이겨 버리고 싶은 것이다.

수라마룡과 수라사존, 그리고 삼백 명의 수라귀수는 강가 야트막한 언덕 위에 멈춰 있으며, 그들보다 조금 더 많은 수의 고수가 강을 제외한 삼면(三面)을 포위하고 있는 형국이다.

쉽게 말하자면 절세불련의 선발대 오백 고수가 수라마룡 일행을 포위하고 있는 것이다.

물론 절세불룡 영능도 왔다. 수라마룡이 있는 곳에 그가 오지 않으면 말이 안 되는 일이다.

영능은 수라마룡의 오 장 앞에 뒷짐을 지고 서서 득의한 미소를 지으며 수라마룡을 주시하고 있다.

지금 수라마룡을 최고로 괴롭히고 있는 것은 영능과 정면으로 마주쳤다는 것도, 오백 명에게 포위를 당했다는 사실도 아니다.

수라마룡은 자신의 잘못된 결정이 너무도 개 같아서 머리가 돌아버릴 정도로 스스로에게 분노가 치솟았다.

무존의 종용으로 마도 고수 이백 명을 내팽개치고 도망쳤는데, 영능은 이백 명의 마도 고수는 내버려 두고 수라마룡의 앞길에서 기다리고 있었던 것이다. 던져 놓은 미끼를 물지 않은 것이다.

자신을 믿고 여기까지 따라와 준 마도 고수 이백 명을 내버리면서까지 도주를 했는데도 결국은 영능에게 덜미를 잡히고 말았다.

그렇게 하자고 종용한 무존을 탓할 일이 아니다. 어쨌든 최종 결정을 내린 사람은 수라마룡 그 자신이지 않은가.

'빌어먹을… 기껏 이 지경이 되려고 수하들을 내버리고 도망쳤다는 말인가…….'

영능은 수라마룡을 처음 보지만 그를 보자마자 한눈에 알아보았다.

삼백여 명의 마도 고수 중에서 가장 선두에 서 있으며, 가장 키가 크고 훤칠한 용모에, 어느 누구도 흉내 낼 수 없는 극강의 기도를 줄줄이 뿜어내고 있는 이십오륙 세의 청년이 수라마룡 말고 또 누가 있겠는가.

영능이 본 수라마룡은 기대했던 것보다 훨씬 잘생겼으며 단단하고 극단적인 성격의 소유자인 것 같아서 더욱 마음에 들었다.

그래서 영능은 될 수 있으면 수라마룡을 죽이지 않고 잘 회유해서 최측근으로 삼거나 그게 곤란하면 친구라도 되고 싶었다.

어차피 오늘 이 산중에서 수라마룡은 죽거나 마황이라는 지위를 벗어 던져야만 하는 상황이다. 그러므로 자신의 회유를 거부하지 못할 것이라고 영능은 낙관했다.

"이봐, 수라마룡. 너 내 제의를……."

"개수작 부리지 말고 어서 덤벼라."

영능이 부드러운 어조에 엷은 미소까지 머금으며 설득의 첫마디를 시작하려는데 수라마룡이 상처 입은 맹수처럼 이를 드러내면서 으르렁거렸다.

"너……."

"네놈이 영능이라는 개자식이냐?"

수라마룡은 속에서 활화산 같은 불길이 치밀어 오르고 있으므로 나오는 말이 절대로 고을 리가 없다.

영능의 성격은 원래 잔인무도하고 괴팍하기 짝이 없는데 방금 전에는 수라마룡을 어떻게 해보려고 잠시 얇은 종이로 성격을 덮어서 감추었다.

그러나 수라마룡의 격한 도발에 종이는 여지없이 찢어지고 영능 본래의 성격이 쏟아졌다.

"아미타불… 이놈 새끼 어디 내 손에 죽어봐라."

영능은 입으로 불호와 욕설을 뒤섞어 토해내면서 온몸의 공력을 두 팔에 그러모았다.

칠흑 같은 흑의 단삼을 입고 어깨에는 한 자루 핏빛 도를 멘 수라마룡은 두 발을 약간 넓게 벌리면서 오른손으로 어깨의 도파를 잡았다.

슥…….

수라마룡과 영능은 수하들에게 공격을 하라거나 어떤 식으로 어떻게 싸우라는 명령을 내리지 않고 오로지 서로에게만 온 신경을 쏟고 있다.

어차피 두 사람이 일대일로 싸우게 되면 절세불련 오백 명과 수라귀수 삼백 명은 한바탕 생사의 드잡이를 벌이게 되어 있다.

수라마룡은 전신 공력을 오른팔에 모으고 천천히 어깨에서 도를 뽑았다.

이제 도가 뽑히면 지금껏 단 한 번도 그에게 실패를 안겨준 적이 없었던 그의 필생의 도법 파천수라도(破天修羅刀)가 전개될 터이다.

그리되면 영능이든지 수라마룡 자신이든지 두 사람 중에

하나는 기필코 죽거나 일패도지(一敗塗地)의 치명상을 입게
될 것이다.

절세불련의 고수들과 수라사존을 비롯한 수라귀수들은 손
에 땀을 쥐고 두 사람을 주시했다.

여기에 모여 있는 사람 중에서 지금껏 천하육룡의 용과 용
의 일대일 싸움을 직접 구경한 적이 있는 사람은 아무도 없었
다.

그러므로 수라마룡과 절세불룡의 대결은 무림사에 길이
남을 일이다.

그 싸움을 구경하는 것만으로도 죽을 때까지 이야깃거리
가 될 터이다.

스응…….

수라마룡의 도가 느릿하게 뽑히며 허공에 잔잔하게 울리
는 그 소리를 듣자마자 영능이 두 발끝으로 지면을 박차고 앞
으로 돌진하면서 쌍장을 힘껏 뻗었다. 쌍장에서는 그의 두 사
부가 죽어가면서까지 주입해 준 가공할 공력이 폭발할 것처
럼 발출되었다.

그오오— 옴!

눈부신 한 줄기의 금빛이 아득한 천공에서 내려꽂히는 것
처럼 일직선으로 뿜어졌다.

영능이 가장 자랑하는 두 개의 소림사 신공 중에 하나인 범

천신공이다.

그는 지금까지 범천신공을 전개하여 단 한 명도 살려준 적이 없었다.

살려주고 싶어도 그럴 수가 없다. 범천신공이 워낙 무지막지하게 강력하기에 적중되면 무조건 죽어버린다.

아니, 단 한 번의 실패가 있었는데 등룡신권 도무탄을 살려준 일이다.

하지만 그가 살려주고 싶어서 그랬던 것이 아니라 도무탄이 죽은 줄 알았기에 더 이상 손을 쓰지 않았던 것이다. 그것은 그의 필생의 실수로 남아 있다.

서긍―

그 순간 핏빛 무지개, 아니, 혈섬(血閃)이 허공을 절반으로 쪼개며 영능을 향해 그어지면서 먼 곳에서 작두질을 하는 듯한 음향이 흘렀다.

수라마룡이 발출한 파천수라도다. 영능의 범천신공보다 조금 늦게 발출되었으나 속도는 훨씬 빨랐다. 가히 천하제일 쾌라고 해도 손색이 없다.

그렇지만 파천수라도가 빠르냐 아니면 범천신공이 빠르냐는 것은 그다지 중요하지가 않다.

어차피 가공한 속도 때문에 사람이 피할 수 있는 범주를 벗어났기 때문이다.

즉, 영능이나 수라마룡이 제아무리 빨리 피한다고 해도 파천수라도와 범천신공이 워낙 쾌속하기 때문에 결코 피할 수는 없다는 것이다. 방법은 하나뿐, 부딪쳐서 승부를 가르는 것이다.

"……!"

"……?"

그런데 수라마룡과 영능은 동시에 움찔 몸을 떨었다. 금빛 줄기와 혈섬이 부딪치지 않았다. 아슬아슬하게 서로를 스쳐지나갔다. 그렇다면 남은 것은 하나. 서로를 적중시킬 수밖에 없다.

수라마룡과 영능의 얼굴이 착잡하게 일그러졌다. 그리고 다음 순간 어찌 된 일인지 금빛줄기와 혈섬이 씻은 듯이 사라져 버렸다.

"헉……."

"하아……."

수라마룡과 영능은 똑같이 안도의 신음을 토해내면서 반면에 아쉬워했다.

두 사람은 결정적인 순간 동시에 자신들의 공격을 소멸시켜 버린 것이다.

서로 그렇게 하자고 약속한 것이 아니다. 동귀어진을 막으려고 본능적으로 그리한 것이다.

만약 그러지 않았다면 방금의 첫 공격으로 승부가 가려졌을지도 모른다.

내가 거두지 않았으면 상대를 죽일 수 있었을 텐데… 라는 생각은 하지 않았다.

오히려 그 반대의 결과가 나오지 않은 것을 다행으로 여기기 때문이다. 그렇지만 뭔가 아쉬움이 진하게 남는 것을 어쩌지 못했다.

타앗—

쉬이익!

그 순간 수라마룡과 영능은 재차 서로를 향해 돌진하면서 쌍장과 도를 그어댔다.

두 사람은 상대가 주춤하고 있을 때 재빨리 급습해야겠다고 생각했는데 하필 둘 다 똑같은 생각을 했으며 행동마저도 같은 순간에 이루어졌다.

싸움 경험이 풍부한 두 사람은 상대의 터럭만 한 허점이라도 놓치지 않았다.

그렇지만 두 사람은 두 번째 공격에서는 공격을 거두지 않고 밀고 나갔다.

방금의 격돌에서 안도의 마음보다는 아쉬움이 더 컸기에 이번만큼은 과연 누가 죽고 부상을 입든지 한번 부딪쳐 보자는 심사다.

영능은 절대로 자신이 패할 리가 없다고 확신했다. 그는 무기를 사용하지는 않지만 공력만큼은 천하, 아니, 영세제일이라고 자부한다.

반면에 수라마룡 역시 같은 생각이다. 그는 무공, 아니, 도법을 배운 이후 수천 번이나 싸웠지만 자신보다 더 빠른 도법을 한 번도 경험한 적이 없었다. 똑같이 출수를 해도 언제나 그가 빨랐었고 죽는 것은 상대였었다.

강함보다는 빠름이 절대적으로 유리하다. 아무리 강하면 무슨 소용이겠는가. 빠름이 먼저 찌르거나 쪼개 버린다면 그것으로 끝장이다.

스긍—

그리고 마침내 핏빛 무지개 같은 파천수라도의 도강이 금빛 범천신공의 한복판을 쪼갰다.

'베었다!'

그걸 보고 수라마룡은 다음 순간에는 파천수라도의 도강이 영능의 몸을 통째로 자를 것이라고 확신했다.

범천신공의 강기를 파훼하느라 도강의 위력이 반감되었겠지만 영능의 머리통이나 몸통을 쪼개기에는 너끈하고도 남을 것이라고 믿었다.

후오오……

그런데 기이한 음향이 들렸다. 방금 전에 영능이 발출했던 강기하고는 조금 다른 음향이다.

그리고 바로 그 순간 수라마룡은 두 줄기 금빛이 자신을 향해 무시무시한 속도로 쏘아오는 것을 발견하고 안색이 급변했다.

그는 자신의 도강에 의해서 절반으로 쪼개져서 두 줄기가 된 영능의 강기가 여전히 쏘아오고 있다는 충격적인 사실을 깨달았다.

범천신공의 강기는 파훼되어 흩어진 것이 아니라 단지 두 개로 쪼개져서 원래 목적했던 표적을 향해서 쏘아오고 있을 뿐이다.

'이런……'

수라마룡의 얼굴이 보기 싫게 일그러졌다.

애초부터 범천신공의 강기는 소멸시키기 전에는 절대로 피할 수가 없는 빠르기다.

하물며 수라마룡은 방금 도를 휘둘러서 파천수라도를 전개한 직후의 동작을 취하고 있으므로 자신을 향해 이미 이 장전면에서 쇄도하고 있는 두 줄기 강기를 절대로 피할 수 없는 상황이다.

하지만 이대로 고스란히 당할 수만은 없어서 지금 상황에서 취할 수 있는 최선의 방법을 선택했다.

즉, 전신 공력을 쥐어짜내서 몸의 전면으로 한꺼번에 뿜어내어 범천신공의 강기의 위력을 조금이라도 약화시키려는 최후의 미봉책이다.

쩡—

"크으……."

두껍게 얼어붙은 호수의 얼음이 깨지는 듯한 음향과 함께 수라마룡은 가슴에 태산이 내려앉은 듯한 묵직한 느낌을 받으며 허공으로 쏜살같이 퉁겨 날아갔다.

수라사존이 뭐라고 외치는 날카로운 외침이 아련하게 들렸으나 무슨 말인지는 알아듣지 못했다.

팍!

"큭……."

같은 순간 영능은 왼쪽 어깨가 화끈한 것을 느끼며 뒤로 묵직하게 대여섯 걸음 물러났다.

그는 범천신공의 강기가 수라마룡의 도강을 물리칠 수 있을지도 모른다고 생각했었다.

그러나 설혹 물리치지 못하더라도 도강의 속도와 위력을 크게 저하시켜서 충분히 피할 수 있게 만들 수는 있을 것이라 낙관했었다.

그래서 수라마룡의 도강이 범천신공의 강기를 쪼개면서 쇄도해 오는 것을 보며 사력을 다해서 몸을 비틀었는데도 왼쪽 어깨를 베이고 말았다.

범천신공의 강기를 쪼개느라 위력이 약해진 도강이 이 정도이니 만약 최초의 강기였다면 피하지도 못하고 영능의 미간이 두 쪽으로 쪼개지고 말았을 것이다.

그런 생각을 하니까 베인 왼쪽 어깨의 고통보다는 심적인 놀라움이 더 컸다.

"흐으으……."

영능은 물러나면서 자신의 왼쪽 어깨를 힐끗 쳐다보다가 얼굴이 보기 싫게 일그러졌다.

어깨가 절반 이상 잘라져서 왼팔이 곧 떨어져 나갈 것처럼 딜렁거리고 있었다.

그는 급히 오른손으로 왼쪽 어깨를 감싸면서 팔이 떨어져 나가려는 것을 막았다.

그리고 뒷걸음질 치는 것이 멈추자 재빨리 수라마룡이 어떻게 되었는지 쳐다보았다.

수라마룡은 아직도 십여 장 밖을 실 끊어진 연처럼 날아가고 있는 중이다.

만약 그가 중상을 입었다면 당장 달려가서 아예 숨통을 끊어놓을 것이다.

어쩌면 즉사했을 수도 있다. 어쨌든 숨통을 끊든지 죽은 것을 확인하든지 왼팔은 그런 다음에 치료를 해도 늦지 않을 터이다.

그런데 막 달려가려던 영능은 급히 몸을 멈추면서 눈을 크게 떴다.

십오륙 장 떨어진 곳에서 수라마룡이 지면에 두 발로 굳건하게 내려서고 있는 것이 보였기 때문이다. 그런 모습을 보면 그는 조금도 다치지 않은 것 같았다.

'멀… 쩡하다는 것인가?'

영능은 자신의 눈으로 뻔히 보고 있으면서도 수라마룡이 건재하다는 사실이 도저히 믿어지지 않았다. 즉사가 아니더라도 최소한 중상을 면치 못해야 하는데 두 발로 멀쩡하게 내려선 것이다.

그런데 그것만이 아니다. 수라마룡이 영능을 향해서 천천히 걸음을 옮겨 다가오고 있었다.

그걸 보면서 영능은 자신도 모르게 부지중 뒷걸음질을 치기 시작했다.

머리카락이 쭈뼛거렸으며 등골이 저렸다. 두려움 혹은 공포라고 말할 수 있는 느낌이다. 지금 그는 태어나서 최초로 그런 감정을 맛보고 있다.

'나무아미타불… 이런 개 같은 일이…….'

그는 속으로 불호와 욕을 동시에 내뱉으면서 몸을 돌려 최대한 빠르게 그 자리에서 사라졌다.

휘이잉―

절벽 위로 거센 바람이 불어오자 수라마룡은 옷자락을 세차게 날리면서 그 자리에 묵묵히 서 있다.

영능과 그가 이끌고 온 오백 명의 절세불련 고수는 모두 사라졌으나 수라마룡은 그들이 물러간 텅 빈 자리를 응시하고 있을 뿐이다.

"주군."

무존이 조심스럽게 부르는 것이 신호인 듯 수라사존이 그의 곁으로 모여들었다.

수라사존은 절세불룡 영능을 단 이 격에 격퇴시킨 수라마룡이 자랑스럽기 짝이 없었다.

또한 수라귀수들 역시 자신들의 주군이 과연 천하제일고수라는 생각에 의기양양해졌다.

"주군, 과연 훌륭하십니다."

"속하들은 주군께서 절세불룡을 이기실 줄 예상하고 있었습니다."

수라사존은 너무 기뻐서 평소에 하지 않던 말들까지 하면서 떠들썩하게 수선을 피웠다.

수라마룡이 절세불룡을 물리친 일이 그만큼 자랑스러운 것이다. 대결을 보면서 내내 조마조마했었기 때문에 기쁜 마음이 곱절이 됐다.

그러나 사실 수라마룡은 범천신공의 강기에 적중당하여 십오륙이나 날아가면서도 처절하리만치 결사적으로 꺼져 가는 정신을 붙잡았다.

여기에서 지금 정신을 잃으면 영능에게 죽음을 당할 것이고 모든 것이 끝장이라는 오로지 하나의 생각만이 그를 지탱해주었다.

그래서 그는 온몸이 해체되고 말 것 같은 고통을 초인적인 정신력으로 극복하고 안간힘을 다해서 지상에 두 발로 내려서는 데 성공했다.

그 순간 그는 십오륙 장 전면에 영능이 서 있는 것을 어렴풋이 발견했다.

시야가 부옇게 흐려졌기 때문에 영능의 왼쪽 어깨가 베어졌다는 사실을 알지 못했다. 다만 그가 멀쩡하게 서 있는 것이라고만 판단했다.

그 순간 그의 머릿속에는 여기에서 쓰러지면 죽는다는 한 가지 생각만 가득 찼다.

여기에서 쓰러지면 죽는다. 영능은 어떤 식으로든 파천수라도 도강에 당했을 것이다.

그러므로 내가 아직 건재하니까 너 같은 것은 한 주먹거리도 되지 않는다.

그 각오로 나아가야 한다고 이를 악물면서 걷기 시작했다.

그것은 순전히 오기였으며 수천 번 싸움에서 살아남은 승자의 경험이었다.

그런데 그때 부옇게 흐려지던 시야가 완전히 보이지 않게 되었으며 눈앞이 새카만 암흑으로 변해 버렸다.

그리고 어느 순간 걸음도 멈춰 버렸으며 그는 그대로 선 채 정신을 잃어버리고 말았다.

수라사존이 수라마룡의 앞쪽으로 가까이 모여들었을 때 그의 얼굴은 밀랍처럼 창백한 안색이었다.

또한 두 눈은 새빨간 핏빛이었다. 심각한 내상으로 눈 속에 피가 가득 고였기 때문이었다.

"앗! 주군!"

"주군! 괜찮으십니까?"

그 모습을 본 수라사존은 찢어지는 듯한 비명을 터뜨렸다.

스르르…….

그때 수라마룡의 몸이 천천히 뒤로 쓰러지기 시작했다.

*   *   *

영능은 뒤따라오게 했던 절세불련 사천오백여 명과 자신이 이끌던 오백 명을 합류시켜서 도합 오천 명으로 계속 수라마룡을 추격하게 했다.

그리고 자신은 최측근 세 명, 즉 소림삼불(少林三佛)이라고 명명한 장로들과 안전한 장소에서 휴식을 취하며 어깨의 상처를 치료하고 있다.

무림의 어느 방, 문파라도 장로는 장문인이나 방, 문주에 필적할 만한 배분과 실력을 두루 갖춘 인물을 선출하는 것이 상식이다.

하지만 소림삼불은 모두 이십 대 중반에서 삼십 대 초반까지의 새파란 청년들이다.

영능이 직접 소림사 내에서 자질과 충성심이 뛰어난 청년승을 뽑았으며, 그들에게 직접 우수한 소림절학을 골라서 전수했으므로 실력에서는 단연 발군이다.

소림삼불 중에 두 명이 주위를 경계하고 있는 동안 한 명이 영능을 치료했다.

별달리 치료라고 할 것도 없다. 수라마룡의 예리한 도강에 어깨 바깥쪽이 워낙 깨끗하게 베었기 때문에 잘려진 부위를 잘 접합하고 왼팔이 움직이지 않도록 천으로 가슴에 동여 묶었다.

이후에 영능은 쉬지 않고 연이어서 운공조식을 하여 진기를 일으켜서 어깨 상처 부위가 빨리 아물고 또 접합되도록 힘을 쏟았다.

손가락이 깨끗하게 잘라졌을 때 그것을 잘 씻어서 원래의 부위에 붙이고 자의나 타의에 의해서 움직이지 않도록 잘 결박해 놓으면 어느 정도 시일이 지난 후에 손가락이 제대로 붙게 된다.

영능은 그런 원리를 자신의 베어진 왼쪽 어깨에 적용했다. 또한 심후한 공력을 이용하여 치료하면 제대로 접합하는 데 무리는 없을 것이라는 게 그의 생각이다.

문제는 제아무리 고강한 그라고 하더라도 마음대로 활동을 할 정도의 상태가 되려면 최소 이삼 일은 지나야 할 것이라는 사실이다. 그래서 그사이에 수라마룡을 놓칠까 봐 조바심이 났다.

절세불련 고수 오천 명을 보냈어도 그 자신이 가지 않아 마음이 놓이지 않았다.

수라마룡이 그처럼 고강할 줄은 예상하지 못했었다. 천하육룡의 오룡하고는 예전에 등룡신권하고 싸운 것이 처음이자 마지막이었다.

그러나 그는 등룡신권은 천하육룡에 들 자격이 없을 정도로 허약하다고 생각했다.

자신이 직접 싸워봤고 거의 죽여놨었기 때문에 등룡신권에 대해서는 잘 안다.

그따위 허접한 놈이 용이라면 영능 자신은 천하육룡에서 빠지고 싶은 심정이다.

그래서 그는 스스로 천하육룡이 아니라 천하오룡이라고 생각하고 다른 사람들과 대화를 할 때에도 언제나 천하오룡이라고 말한다.

그렇게 생각하기 때문에 그의 입장에서 봤을 때 천하오룡하고 싸워본 것은 아까 수라마룡이 처음이다.

지금껏 그는 천하오룡 중에서 자신이 가장 고강할 것이라고 자신만만했었는데 막상 수라마룡하고 싸워보니까 그런 생각이 싹 지워져 버렸다.

아까의 싸움은 막상막하였으나 영능은 자신이 수라마룡보다 약하다고 생각하지는 않는다.

그 자신은 왼쪽 어깨를 베인 상태에서 수라마룡이 멀쩡하게 걸어오는 것을 보고 놀라서 도망쳤으나 자신이 패했음을 승복하지 않았다.

그러기보다는 뭔가 자신이 작은 실수를 하거나 방법이 좋지 않았기 때문에 그런 결과를 초래했으며, 다음에 다시 마주치게 되면 반드시 수라마룡을 죽일 수 있을 것이라고 확신했다. 그런 지나친 오만과 자신감이 그의 장점이자 자만심이기도 하다.

영능은 다친 어깨를 치료하는 두어 시진 동안 이 궁리 저 궁리 하던 끝에 수라마룡을 이길 수 있는 다른 방법을 기어코 생각해 냈다.

계책이나 교활한 수작 따위 권모술수를 쓰려는 게 아니다. 영능은 권모술수나 비겁한 수작을 몹시 싫어한다. 그가 생각해 낸 것은 다음에 수라마룡을 다시 만나면 싸우는 방식을 달리해 보겠다는 것이다.

또한 아까 수라마룡하고 싸웠을 때 영능이 불문의 금종조라고 하는 불탄강(佛彈剛)을 전개했더라면 그의 도에 베이는 일은 없었을 것이다.

불탄강으로 몸을 보호해야 한다는 생각마저도 망각하고 있었다니, 긴장을 많이 했었던 모양이다.

슥―

"가자."

"장문인."

그가 갑자기 벌떡 일어서자 옆에서 보살피던 소림삼불의 맏이인 대불(大佛)이 깜짝 놀라 따라 일어섰다.

"어딜 가시려는 겁니까?"

"수라마룡과 싸우러 간다."

강직하지만 심성이 온후한 대불은 영능을 가로막고 두 팔을 벌리며 강경한 표정을 지었다.

"장문인은 중상을 입으셨습니다. 이런 몸으로 싸우시는 것은 절대 안 됩니다."

포악하고 괴팍한 영능이지만 소림삼불이나 소림사 제자들

에게는 더없이 자상하다.

그는 대불을 안심시키려는 듯 빙그레 엷은 미소를 지으며
그의 어깨를 부드럽게 두드렸다.

"괜찮다. 내게도 다 생각이 있다."

*   *   *

수라마룡을 찾아 헤매던 소연풍과 주천강은 수라귀수와
마도 고수가 섞인 오백여 명이 무승관 근처에서 남서쪽으로
이동하고 있는 광경을 발견했다. 하지만 그들 중에서 수라마
룡을 발견하지는 못했다.

그래서 할 수 없이 무리의 끄트머리 부근에서 마도 고수 한
명을 제압해서 한적한 곳으로 끌고 가 수라마룡에 대해서 심
문을 해보았다.

그 결과 수라마룡이 절세불룡과 싸워서 엄중한 내상을 입
었으며, 최측근인 수라사존이 그를 데리고 은밀한 곳으로 가
서 치료를 하고 있을 것이라는 얘기를 들었다.

하지만 졸개인 마도 고수 따위가 수라마룡이 어디에 있는
지 알고 있을 턱이 없다.

"어쩐다?"

마도 고수를 털끝 하나 다치지 않고 풀어주고 나서 주천강

이 맥이 빠진다는 표정을 지으며 중얼거렸다.

"찾아야지."

"어떻게?"

"돌아다녀 봐야지."

주천강은 그 자리에 주저앉으며 메고 있는 작은 배낭에서 술병을 꺼냈다.

"에구… 나는 힘들어서 좀 쉬어야겠어. 찾으려면 연풍 너 혼자 해라."

주천강이 술병 마개를 뽑고 입으로 가져가는데 소연풍이 그의 귀를 붙잡고 힘주어 잡아 일으켰다.

"술은 나중에 마시고 어서 가자."

"으아아—"

주천강은 귀가 떨어져 나갈 것 같은 고통에 찢어지는 비명을 터뜨렸다.

수라사존은 혼절한 수라마룡의 상태가 위험하다고 판단하여 멀리 갈 수가 없었다.

그래서 수라마룡이 영능과 싸웠던 장소에서 멀지 않은 곳으로 숨어들었다.

지금 그들이 숨어 있는 곳은 회하 최상류가 흐르고 있는 강가의 깎아지른 듯한 절벽 아래쪽에 자연적으로 형성된 암동(巖洞)이다.

암동 안의 상황은 좋지 않다. 천장에 고드름처럼 주렁주렁 매달린 종유석에서는 물이 뚝뚝 떨어져서 돌바닥이 물 천지고, 바닥도 삐죽삐죽해서 수라마룡 한 사람을 눕힐 만한 장소를 찾는 것도 쉬운 일이 아니었다.

암동 안에는 수라마룡이 상의를 벗은 몸으로 혼절한 채 누워 있고 그 옆에는 무존이 손바닥으로 진기를 뿜어내면서 그의 가슴을 쓰다듬고 있다.

수라사존의 나머지 세 명은 암동에서 가까운 바깥에 은둔해 있으면서 누가 접근하는 것을 감시하고 있는 중이다.

수라마룡의 가슴은 너덜너덜했다. 피부와 근육이 다 헤져서 뼈가 드러났으며 갈비뼈도 성한 것이 없을 정도로 거의 다 부러진 상태다.

뿐만 아니라 갈비뼈들이 부러지면서 안으로 휘어지고 날카로운 뼛조각이 장기와 내장을 찢어놓았다.

수라마룡은 심장이 불규칙하게 그리고 미약하게 간신히 박동하고 있다.

만약 마지막 순간에 그가 전신의 공력을 가슴으로 뿜어내지 않고 범천신공의 강기에 정통으로 적중당했다면 가슴 부위가 통째로 잘라져 나가면서 즉사했을 것이다. 찰나의 임기응변이 그를 살렸다고 해도 과언이 아니다.

하지만 그는 심장이 미약하게 박동을 하고 있을 뿐이지 죽은 것이나 다름이 없는 상태다.

지금 무존은 그의 너덜너덜한 가슴을 쓰다듬으면서 진기를 주입하고는 있지만 그의 행동은 치료를 한다기보다는 수라마룡의 심장이 멈추지 않도록 진기를 주입하여 강제적으로 박동하게 만드는 것뿐이다.

무존으로서도 어떻게 치료를 해야 할지 방법이 전무해서 막막하기만 하다.

그는 원래 의술에 상당한 조예가 있지만 이렇게 지독한 상처는 생전 처음 보는 터라서 속수무책이라 그저 단순한 동작만 하고 있다.

그가 취할 수 있는 유일한 방법은 수라마룡의 심장이 멈추지 않도록 지금처럼 쉬지 않고 계속 진기로써 안마를 해주는 것뿐이다.

그다음에는 어떻게 해야 할지 그도 모른다. 수라마룡 스스로 운공조식을 하여 진기를 일으켜서 치료를 한다면 그보다 좋은 방법은 없을 터이다.

하지만 그런 그가 봤을 때 그런 놀라운 기적은 결코 일어날 것 같지 않았다.

만약 수라사존이 모두 암동 안에 숨어 있었다면 소연풍과 주천강은 그들을 발견하지 못하고 지나쳤을 터이고 일은 더욱 꼬였을 것이다.

소연풍과 주천강은 숲 속 세 군데에서 미약한 기척을 감지하고 그 자리에 나란히 멈추었다.

그리고 주천강이 두 손으로 뒷짐을 지고 마치 산책이라도 나온 사람처럼 나직하게 중얼거렸다.

"수라마룡의 수하들이면 나와라. 절세불련 졸개들이라면 찾아내서 죽이겠다."

그러나 주위는 쥐 죽은 듯이 잠잠했다. 그나마 감지되고 있던 수라삼존의 기척마저도 뚝 끊어졌다. 그러자 주천강이 다시 중얼거렸다.

"너희 세 명이 어디에 숨어 있는지 다 알고 있다. 우린 수라마룡에게 좋은 일로 볼일이 있어서 파양현에서부터 여기까지 왔지만 이런 식으로 계속 모습을 드러내지 않는다면 너희를 죽일 수도 있다."

소연풍과 주천강에게서 십여 장 이내의 거리 세 방향에 은둔해 있는 수라삼존은 극도로 긴장한 가운데 서로 전음을 주고받다가 결국 모습을 드러내기로 결정했다.

주천강이 한 말을 들어보니까 적이라는 생각이 들지 않았기 때문이다.

스읏—

수라삼존은 동시에 마치 유령처럼 소연풍과 주천강 앞에 모습을 드러냈다.

그들은 소연풍과 주천강이 강적이라는 생각에 기가 죽지 않으려고 최대한 고강한 모습으로 출현했다.

그들은 소연풍과 주천강 전면에 나란히 서서 자신들이 만들어낼 수 있는 가장 극강한 마기를 으스스하게 뿜어내며 득의한 미소를 지었다.

그렇지만 그들이 보기에 소연풍과 주천강은 겁을 먹기는 커녕 눈 하나 까딱하지 않았다.

외려 소연풍이 턱을 치켜들면서 건방진 표정과 몸짓으로 툭 던지듯 물었다.

"너희는 수라마룡하고 어떤 관계냐?"

"이놈들이……."

"잠깐."

수라사존의 셋째이며 가장 급한 성질의 혈존(血尊)이 발끈해서 소리치려는 것을 둘째인 염존이 흠칫 놀라는 표정을 지으며 급히 만류했다.

"둘째 형님, 대체 왜……."

혈존이 못마땅한 듯 투덜거리는데도 염존은 듣지 못한 듯 제법 정중한 태도로 소연풍과 주천강에게 물었다.

"혹시 두 분은 무적검룡과 독보창룡이 아니시오?"

한 번도 본 적은 없지만 무적검룡과 독보창룡의 용모파기에 대해서는 무림에 너무도 잘 알려져 있는 터라 염존은 단번에 두 사람을 알아보았다.

소연풍이 슬쩍 귀찮다는 표정을 지었다.

"알면서 뭘 물어보느냐?"

"흐익?"

"흑!"

그의 말에 혈존과 막내 살존(殺尊)은 자신들도 모르게 헛바람 소리를 내버렸다.

상대가 무적검룡과 독보창룡이라는 사실도 모르고 그 앞에서 마기를 뿜어내며 갖은 재롱을 부렸으니 쥐구멍이라도 들어가고 싶은 심정이다.

그러나 소연풍과 주천강은 수라삼존하고 쓸데없는 대화 나부랭이를 나누고 싶은 생각이 추호도 없다. 수라마룡을 찾는 일이 급하기 때문이다.

"너희는 수라마룡하고 어떤 관계냐고 물었다."

소연풍이 무림의 수많은 사람을 공포에 떨게 만들던 예의 무표정한 얼굴로 중얼거리듯 물었다.

수라삼존은 자세를.바로 하고 정신을 바짝 차렸다. 그리고 염존이 긴장된 얼굴로 정중히 물었다.

"무슨 일로 주군을 찾으시오?"

주천강이 특유의 보기 좋은 미소를 지으면서 말했다.

"내 친구가 수라마룡을 구해주라고 부탁하더군."

수라삼존은 해연히 놀랐다. 수라마룡은 분명히 위기에 처해 있는 것이 맞다.

그런 그를 구하기 위해서 천하육룡의 무적검룡과 독보창룡 두 명씩이나 출현했다.

그런데 두 사람은 친구의 부탁을 받았다고 한다. 도대체 그가 누구라는 말인가.

이번에도 염존이 조금 더 정중하게 물었다.

"두 분의 친구분이 누구시오?"

"등룡신권이다."

"……."

수라삼존은 너무 놀라서 아무 말도 하지 못하고 입만 커다랗게 벌렸다.

第百一章

사룡지우(四龍之友)

안휘성의 소호 변 야트막한 언덕 위에 자리 잡고 있는 너무나도 아름다운 풍광의 장원 낙일장.

　또 하나의 태풍은 바로 이곳에서 조용히 그리고 은밀하게 시작되고 있었다.

　낙일장에는 무정혈살대의 대주 무정혈룡이 최측근 열 명과 거주하고 있다.

　슥―

　"주군, 이것이 최종 보고입니다."

최측근 열 명, 즉 무정십살(無情十殺)의 우두머리 일살(一殺)이 무정혈룡 태무군에게 공손히 두 손으로 한 장의 종이를 내밀었다.

단단하고 차가운 돌 의자에 앉아 있는 태무군은 손을 내밀어 종이를 받아 쥐고는 흐트러지지 않은 자세로 충분한 시간을 두고 천천히 읽었다.

일살은 앞에 우뚝 선 채 태무군이 종이의 내용을 다 읽을 때까지 꼼짝도 하지 않았다.

태무군은 읽기를 마치더니 지그시 눈을 감고 뒷머리를 의자 등받이에 기댔다.

물론 등받이도 차가운 돌이다. 그는 자신이 거주하는 공간에서만큼은 언제나 돌 의자에 앉아서 휴식을 취하거나 식사를 하고 또 돌 침상에서 잠을 자는 습관이 있다.

그는 푹신한 의자와 침상이 편하다는 사실을 모를 정도의 바보가 아니다.

그런데도 돌 의자와 돌 침상을 고집하는 이유는 몸이 편해지면 정신마저 나태해질까 봐 경계하는 것이다.

그는 살인청부만으로 천하제일부호라는 소문이 날 정도로 부를 축적했으나 아직까지 자신이 성공했다고 생각하지 않는다.

그래서 끊임없이 스스로를 채찍질하고 나태해지는 것을

경계하고 있는 것이다.

그가 쥐고 있는 종이에는 독보창룡과 등룡신권의 현재 위치와 두 사람의 동향에 대해서 자세하게 적혀 있었다.

물론 현재 벌어지고 일에 대한 내용도 적혀 있으며, 그곳에 무적검룡과 수라마룡, 절세불룡까지 모여 있다는 내용도 적혀 있다.

지금 태무군의 머릿속에 가득 차 있는 생각은 오로지 하나뿐이다.

독보창룡과 등룡신권을 죽여달라는 살인청부를 맡았으므로 그 둘을 반드시 죽여야 한다는 사실이다. 그는 골수까지 살수다.

"구도(具導)."

"말씀하십시오, 주군."

태무군이 눈을 감은 채 조용히 입을 열자 일살 구도가 공손히 고개를 숙였다.

"출동하겠다."

구도는 움찔 가볍게 놀랐다.

"주군께서 직접 가십니까?"

"무정십살, 너희도 같이 간다."

구도는 더 이상 놀라지 않았다. 하지만 온몸이 뻣뻣해지도록 몹시 긴장이 됐다.

무정십살 열 명이 한꺼번에 주군을 모시고 출동한 적은 지금껏 한 번도 없었기 때문이다.

*　　　*　　　*

마침내 도무탄은 두 친구 소연풍, 주천강하고 만났다.

그들은 열악한 환경이었던 첫 번째 암동에서 수라마룡을 업고 나와 절벽 아래쪽 양지바른 곳 강가에 새 은신처를 마련했다.

절벽 아래에는 수만 년 세월 동안 바람과 비, 즉 풍화작용으로 인해서 여러 개의 자연 동굴이 생성되었는데 소연풍 등은 그중 하나에 들어가 있었다.

소연풍의 명령으로 절벽 위 숲에서 도무탄을 기다리고 있던 수라삼존이 그를 절벽 아래 동굴로 안내해 주고는 다시 숲으로 돌아갔다.

"연풍, 천강."

"무탄."

동굴 안으로 들어가던 도무탄은 인기척을 감지하고 안에서 밖으로 나란히 걸어 나오고 있는 소연풍과 주천강을 발견하고 이름을 부르며 반갑게 다가갔으며, 세 사람은 서로의 손을 굳게 맞잡았다.

세 사람은 불과 나흘 만에 다시 만났을 뿐인데 마치 사 년쯤 떨어져 있었던 것처럼 서로가 반가웠다.

이 동굴은 제법 크고 깊으며 무엇보다도 습기가 없어서 당분간 지내기에는 적당했다.

"수라마룡은 어떤가?"

"여전히 혼절해 있는데 간당간당해."

도무탄의 물음에 주천강이 조금 익살스러운 표정으로 혀를 내밀고 할딱거리는 시늉을 해 보였다. 그런 모습을 보고 도무탄은 빙그레 미소를 지었다.

소연풍과 주천강을 뒤따라서 나온 무존이 도무탄에게 공손히 안쪽을 가리켰다.

"들어오시오."

소연풍과 주천강은 수라마룡의 심각한 상태를 보긴 했으나 아무런 도움이 되지 못했다.

의술에 조예가 있든지 없든지 간에 현재 수라마룡의 상태가 살얼음판 위에 엎어놓은 것 같아서 언제라도 살얼음이 깨지면 끝장인 까닭이다. 즉, 불규칙한 심장박동이 언제라도 멈출 수 있다는 뜻이다.

소연풍은 사촌 여동생 소운설의 입을 통해서 도무탄이 어떻게 그녀의 벙어리를 고쳐 주었는지에 대해서 들었기 때문에 그가 도착하면 뭔가 방법이 있을 것이라고 막연하게 기대하고 있었다.

반면에 무존을 비롯한 수라사존은 무적검룡과 독보창룡에
이어서 등룡신권까지 나타나서 수라마룡을 돕겠다는 것에 대
해서는 매우 고마움을 느끼고 있다.

하지만 그들이 수라마룡을 살릴 수 있을 것이라는 기대는
거의 하고 있지 않았다.

이들 세 사람이 천하육룡의 삼룡이긴 하지만 전설의 화타
나 편작은 아니기 때문이다.

수라마룡은 동굴 안쪽 아늑한 장소에 마른 풀을 수북이 깔
고 그 위에 반듯한 자세로 눕혀져 있었다.

그는 상체를 벌거벗고 있는 모습이라서 도무탄은 그의 곁
에 오자마자 짓이겨져 있는 가슴의 상처에 대해서 일목요연
하게 살필 수 있었다.

무존은 도무탄을 안내하고 나서 다시 수라마룡 곁에 책상
다리를 하고 앉아서 하던 일을 계속했다.

즉, 그의 가슴을 쓰다듬으면서 부드러운 진기를 주입하여
심장박동이 멈추지 않도록 하는 것이다. 수라마룡이 엄중한
중상을 입었던 처음이나 지금이나 그의 상세는 조금의 차도
도 보이지 않고 있다.

소연풍은 수라마룡을 물끄러미 굽어보고 있는 도무탄을
보며 조용히 물었다.

"어떤가? 가망이 있겠나?"

"해봐야지."

둘의 대화를 듣던 무존은 한 가닥 가느다란 희망의 표정으로 도무탄을 올려다보았다.

"의술을 하시오?"

"모르오."

도무탄은 솔직하게 대답했다.

무존의 얼굴에서 가느다란 희망의 기색이 떠오를 때보다 더 빨리 사라졌다.

"비켜보시오."

그런데 의술을 모른다는 도무탄이 자신더러 비키라고 하자 무존은 시큰둥한 얼굴로 그를 쳐다보았다.

"내가 진기 주입을 멈추면 주군의 심장이 불규칙하게 박동을 하게 되오."

"지금 비키지 않으면 저 친구 심장은 아예 정지해 버릴 것이라는 데 내 목을 걸겠소."

"……."

그런 말을 듣고도 놀라지 않고 그 자리에 앉아 있을 정도로 무존은 강심장이 아니다.

무존은 소연풍과 주천강이 거보라는 듯 빙그레 미소를 짓고 있는 모습을 보고는 '이거 뭔가 있다'라는 생각에 즉시 일어나 자리를 피해주었다.

"부탁하오."

그리고 그런 말을 잊지 않았다.

소연풍 등 세 사람은 이제부터 과연 도무탄이 어떻게 수라마룡을 살릴 것인지 자못 귀추가 주목되어 수라마룡 둘레에 둘러앉아 진지한 표정으로 지켜보았다. 특히 무존은 눈도 깜빡이지 않고 숨도 쉬지 않았다.

슥—

그런데 도무탄은 앉자마자 다짜고짜 수라마룡의 손목을 움켜잡으며 중얼거렸다.

"우선 이 친구에게 약속부터 받아야겠군."

주천강이 맞장구를 쳤다.

"그렇지. 그게 순서지. 살려놓고 나서 배 째라는 식으로 나자빠지면 우리만 손해지."

무존은 이들이 도대체 무슨 말을 주고받는 것인지 영문을 알지 못했다.

도무탄은 수라마룡의 손목을 잡고 부드러운 공력, 즉 용천기를 약간만 주입했다.

그는 예전에는 권혼이라고 알고 있었던 용천기가 어떻게 해서 다 죽어가는 사람을 살릴 수 있는 것인지 이유를 전혀 모르고 있다.

다만 그는 그 놀라운 기운으로 지금까지 스스로의 상처와 다른 사람의 상처, 혹은 병을 수없이 치료했었으며 한 번도 실패를 했던 적이 없었다.

　그러므로 지금은 용천기로 구하지 못할 사람이 없다고 철석같이 믿게 되었다.

　"음……."

　용천기를 약간 주입하자마자 지금껏 시체처럼 꼼짝도 하지 않던 수라마룡의 입에서 고통에 가득 찬 미약한 신음이 흘러나왔다.

　소연풍과 주천강은 놀라면서도 '과연 도무탄이다!' 라는 표정을 지었으며, 무존은 소스라치게 놀라 몸을 날려 수라마룡에게 달려들 듯한 자세를 취했다.

　"주군!"

　무존의 목소리 때문이었을까. 수라마룡은 오만상을 쓰면서 힘겹게 눈을 떴다.

　그리고는 낯선 세 사람과 눈물을 글썽거리는 무존이 자신을 굽어보고 있는 것을 발견하고는 중얼거렸다.

　"무존, 무슨 일이냐?"

　무존은 반사적으로 도무탄을 쳐다보았다. 대화가 가능하냐는 무언의 질문이다.

　도무탄이 빙그레 미소를 지으며 가볍게 고개를 끄떡이자

무존은 크게 흥분하여 지금까지의 상황을 빠른 어조로 설명하기 시작했다.

천하육룡의 삼룡이 이 자리에 있으며, 그들이 자신을 구하기 위해서 모였다는 사실에 수라마룡은 적잖이 놀라는 표정을 지었다.

무존의 설명이 끝나자 수라마룡은 도무탄과 소연풍, 주천강을 차례로 보고 나서 마지막으로 도무탄의 얼굴에 시선을 고정시켰다.

"이 일을 꾸민 사람은 자네로군."

수라마룡은 처음 보는 도무탄인데도 말투만큼은 마치 오랜 친구처럼 스스럼없이 말했다.

누가 그러자고 제안한 것도 아닌데 분위기가 그래서 저절로 그런 말투가 나왔다.

수라마룡이 그러는 것을 보고 최측근인 무존은 놀라움을 감추지 못했다.

평소의 수라마룡은 사람을 몹시 가리며 엄격하기 짝이 없고 그가 친구처럼 대하는 사람은 천하에 단 한 명도 없다는 것을 잘 알고 있기 때문이다.

도무탄은 빙그레 엷은 미소를 지었다.

"왜 그렇게 생각하나?"

수라마룡은 소연풍과 주천강을 쳐다보았다.

"저 친구들은 천하나 무림이 어떻게 되든지 상관하지 않을 것 같다는 생각이 들었네."

도무탄은 수라마룡을 혼절에서 깨우기 위해서 약간의 용천기를 주입했을 뿐이라서 지금 그가 겪고 있을 고통이 극심하리라는 것을 잘 알고 있다.

그런데도 그는 처음에만 고통스러운 신음을 흘렸을 뿐 지금은 아무렇지도 않은 사람처럼 담담한 표정이다. 그것은 그의 초인적인 인내심 덕분이다.

속으로는 온몸이 소사나는 것처럼 고통스럽지만 표정을 보면 아무렇지도 않은 것 같다.

주천강이 수라마룡의 말을 반박했다.

"아냐. 나는 천하의 평화에 대해서 조금 관심이 있었네. 원래는 나 자신에게만 관심이 있었는데 무탄이 천하의 평화가 얼마나 소중한지에 대해서 일깨워 준 것이지."

수라마룡은 주천강의 말을 무시했다. 지금은 너무 고통스러워서 그의 말에 일일이 대꾸를 해줄 겨를이 없다. 초인적으로 고통을 견디면서 도무탄과 대화하는 것만으로도 죽을 지경이다.

수라마룡은 도무탄이 자신의 손목을 잡고 있는 것으로 미루어 그가 자신을 혼절에서 깨웠다고 생각했다.

더불어서 그가 자신의 생명줄을 잡고 있다고 짐작했다. 그러므로 지금은 도무탄과의 대화가 가장 중요할 것이라고 나름대로 판단했다.

수라마룡은 무존을 쳐다보았다.

"무존, 내 상태가 어떠냐?"

"주군……."

차마 대답하지 못하는 무존을 수라마룡이 꾸짖었다.

"제대로 대답해라."

"주군께선… 아마도 소생하지 못하실 겁니다."

수라마룡의 눈이 가늘게 파르르 떨리는 것을 모두들 놓치지 않았다.

그렇지만 단지 그것뿐이다. 자신이 머지않아 죽을 것이라는 데에도 그는 아주 작은 충격을 보였을 뿐이지 곧 평온을 되찾았다.

그걸 보면 무공을 떠나서 단지 심성만으로도 과연 그가 어떻게 해서 천하육룡의 수라마룡이 되고 또 마도제일인이 될 수 있었는지 충분히 미루어 짐작할 수가 있다.

수라마룡은 지금 이 순간이 그 어느 때보다도 더없이 촉박한 상황인지 알고 있으면서도 전혀 서두르지 않고 천천히 도무탄을 쳐다보았다. 그리고 그의 입에서 흘러나온 말은 더 느긋했다.

"자네 날 살릴 수 있나?"

도무탄은 가볍게 고개를 끄떡였다.

"그럴 수 있을 것 같네."

도무탄은 표정의 변화가 없는 수라마룡의 눈 속 깊은 곳에서 작은 불길이 반짝이는 것을 발견했다.

인간이라면 누구나 품고 있는 삶에 대한 간절한 희구를 그 역시 지니고 있다.

"내게 뭘 원하나?"

"마도로 만족하게."

"그 말은?"

"무림일통이나 천하일통을 꿈꾸지 말라는 걸세."

"음……."

극심한 고통에도 평온한 표정을 유지하고 있던 수라마룡이 뺨을 씰룩이며 미간을 잔뜩 좁혔다.

하늘을 머리 위에 이고 세상을 살아가는 사람이라면 누구에게나 꿈이라는 것이 있다.

꿈이 크고 작으며, 원대하고 소박한 차이는 있지만 정신이 올바로 박힌 사람 중에서 꿈을 지니고 있지 않은 사람은 한 명도 없을 것이다.

그리고 수많은 사람의 운명을 좌지우지할 수 있으며, 천하의 판도를 뒤바꿀 수 있을 만한 능력을 지니고 있는 사람의 꿈은 종종 '야망'이라고 불리기도 한다.

수라마룡은 아주 오래전부터, 그러니까 철이 들기 시작하면서부터 천하를 자신의 발아래 두고 말겠다는 꿈을 키웠으며, 그럴 만한 능력을 지니게 된 이후에는 그 꿈을 야망으로 발전시켰다.

그리하여 악착같이 노력한 결과 지금은 무림일통을 개시할 수 있는 목전에 이르러 있다.

아직 마도를 완벽하게 일통시키지 못했지만 머지않아서 그것만 완성되면, 마도 전체의 힘을 하나로 응집시켜서 무림을 공격하여 장악하고, 그다음에는 천하를 두 손에 거머쥐는 것이다.

그런 그에게 무림일통이나 천하일통의 야망을 접으라고 요구하는 것은 창공으로 비상하는 독수리의 날개를 꺾어버리는 것이나 다름이 없는 가혹한 일이다.

어릴 적부터 품어온 그의 삶의 원동력이나 다름이 없었던 야망을 버리라는 것이 아닌가.

도무탄은 수라마룡이 얼굴을 찌푸린 채 한동안 말이 없는데도 참을성 있게 기다렸다.

그가 몹시 어려운 결정을 내리려고 한다는 것을 잘 알고 있기 때문이다.

평소 늘 밝은 성격의 주천강도, 마음속의 생각을 거침없이 내뱉는 소연풍도 지금만큼은 침묵을 지키면서 수라마룡을 지켜보았다.

도무탄은 수라마룡이 바보가 아닌 이상 요구를 받아들일 것이라고 생각했다.

꿈이든 야망이든 살아 있어야지만 가능한 것이지 죽어버리면 무슨 소용이 있다는 말인가.

이윽고 수라마룡은 인상은 폈으나 미간을 약간 좁힌 모습으로 도무탄을 쳐다보았다.

"자네가 죽을 때까지 그러겠노라고 하면 되겠나?"

도무탄은 나직이 웃었다.

"하하하! 그렇다면 내가 자네를 살려주고 나서 제일 먼저 날 죽이려 하겠군."

수라마룡은 정색을 했다.

"그런 짓은 하지 않는다."

"어쨌든 자네가 죽을 때까지 무림일통과 천하일통은 절대로 안 되네."

"음."

"약속할 수 없다면 나는 그만 가보겠네."

도무탄은 정말 일어나려는 듯 잡고 있던 수라마룡의 손목을 놓고 궁둥이를 들썩거렸다.

"한 가지 조건이 있다."

수라마룡이 조용히 말했다. 자신의 목숨이 걸려 있는데도 그는 끝까지 차분했다. 주객전도(主客顚倒), 입장이 바뀐 것 같은 분위기다.

"뭔가?"

수라마룡은 도무탄을 힐끗 쳐다보며 중얼거렸다.

"자네 친구가 되고 싶다."

"어?"

뜻밖의 요구라서 도무탄이 어이없는 표정을 지을 때 수라마룡은 눈을 감았다. 다시 혼절한 것이다. 그로서도 오래 견딘 것이다.

도무탄은 소연풍과 주천강을 쳐다보았다. 그들의 의견을 묻는 것이다.

도무탄이 수라마룡과 친구가 되면 소연풍과 주천강도 자연히 친구가 될 것이기 때문이다.

무존은 몹시 긴장하여 도무탄과 소연풍, 주천강을 번갈아가며 쳐다보았다.

주군인 수라마룡이 이곳에 있는 삼룡하고 친구가 되면 이득일지 손해일지 무존은 알지 못한다.

그러나 굉장한 사건임에는 분명하다. 천하육룡의 사룡(四龍)이 친구라니, 이 얼마나 가슴 설레는 일인가. 그런 일은 아무도 상상하지 못했을 것이다.

설사 수라마룡이 무림일통과 천하일통을 하지 못한다고 치더라도, 사룡천하(四龍天下)를 주유할 수 있으니 이 얼마나 굉장한 일인가.

무존은 몹시 긴장하여 수라마룡이 혼절했다는 사실도 잊은 채 삼룡을 번갈아 쳐다보느라 바빴다.

도무탄은 소연풍과 주천강의 대답을 듣지는 않았지만 그들의 표정에서 충분한 대답을 들었다. 두 사람은 도무탄더러 알아서 하라고 표정으로 대답했다.

스스으… 투둑… 드득……

소연풍과 주천강, 무존은 자신들의 눈앞에서 벌어지고 있는 실로 전대미문의 엄청난 광경을 보고 있으면서 눈을 의심해야만 했다.

도무탄은 혼절한 수라마룡의 한쪽 손목을 붙잡고 지그시 눈을 감은 상태에서 용천기를 주입하고 있다.

단지 그것뿐이거늘 수라마룡 가슴의 상처들이 저절로 치료가 되고 있는 중이다.

원래 치료라고 하는 것은 그 과정이 절대로 눈에 보이지 않는 법이다.

또한 몇 날 며칠 혹은 몇 달을 두고 천천히 진행되는 것이 세상의 상식이다.

그런데 수라마룡의 상처는 모두가 보고 있는 목전에서 빠르게 치료가 되고 있는 것이다.

찢어지고 조각난 내장과 장기들이 제자리를 찾는가 하면, 형편없이 부러지고 깨졌던 갈비뼈들도 착착 짜 맞춰졌으며, 짓이겨졌던 근육과 살갗이 매끄럽고 단단하게 원상태로 회복되었다.

모두 지켜보고 있는 가운데 그렇게 치료가 말끔히 되는 데 소요된 시간이 겨우 반각 남짓이었다.

소연풍 등은 마치 이 세상을 창조한 조물주가 실제로 존재한다면 이런 식으로 인간을 만들지 않았을까 하는 생각마저 들었다.

그래서 친구인 도무탄이 지금 이 순간 성스럽게 여겨졌으며 매우 존경스러웠다.

"후우……."

수라마룡의 상태가 무척 심각했던 만큼 그를 치료하고 살리는 데 많은 용천기를 허비한 도무탄은 이윽고 수라마룡의 손목을 놓으며 긴 한숨을 토해냈다.

그의 한숨 소리에 반쯤 넋이 나가 있던 소연풍 등 세 사람은 번쩍 정신을 차렸다.

그리고는 반사적으로 수라마룡의 얼굴을 쳐다보다가 해연히 놀랐다.

그가 눈을 뜨고 맑은 눈빛으로 도무탄을 응시하고 있는 것을 발견했기 때문이다.

"자네가 날 살렸군."

완전히 소생한 후에 수라마룡이 한 첫마디다. 목소리는 나직했으나 청아했다.

도무탄은 그를 굽어보며 빙그레 미소 지었다.

"다 나았는데 언제까지 누워 있을 셈인가?"

"그렇군."

슥―

수라마룡은 꼿꼿하게 상체를 일으켜 앉은 후에 자신의 몸을 이리저리 살펴보았다.

무존이 기쁨과 감동으로 눈물을 흘리며 떨리는 목소리로 물었다.

"주군, 어떠십니까?"

수라마룡은 무존에게 고개를 끄떡이고는 도무탄을 보며 흐릿한 미소를 지었다.

"고맙네."

대단한 치하가 아닌 단지 한마디였으나 여기에 있는 네 사람은 그 말 속에 천하보다 더 무거운 사나이의 진심이 담겨 있는 것을 느꼈다.

"날 살렸다는 것은 내 친구가 되겠다는 뜻인가?"

수라마룡은 거두절미 단도직입적으로 물었다. 무림일통과 천하일통을 포기하는 대신 도무탄을 친구로 얻겠다는 그의 뜻이다. 즉, 그는 도무탄이 무림이나 천하의 가치가 있다고 여긴 것이다.

"그렇네."

두 사람의 끈끈한 대화에 주천강이 끼어들었다.

"건방진 자로군."

"나 말인가?"

수라마룡이 예상했다는 듯 대수롭지 않게 대꾸하자 주천강은 고개를 끄떡였다.

"나하고 연풍에겐 일언반구 한마디도 의논도 하지 않고 은근슬쩍 우리까지 친구로 삼았으니 건방지기 짝이 없는 것 아닌가?"

수라마룡은 입으로만 벙긋 미소 지을 뿐 쓰다 달다 대답하지 않았다.

그런 것을 보면 그는 도무탄을 친구로 삼으면 소연풍과 주천강까지 친구가 될 것이라는 사실을 이미 짐작하고 있었던 것 같았다.

깊은 동굴 속에서 친구가 된 사룡은 현재 상황에 대해서 긴밀한 대화를 나누었다.

우선 자신들이 처해 있는 상황에 대해서 얘기를 나누었다.
도무탄은 절세불련 후발대로 오고 있던 사대문파와 수십 개 방,
문파를 회유하여 자신의 편으로 만들었다는 사실을 설명했다.

그리고 나서 무존이 수라마룡 일행이 처한 상황에 대해서
설명을 해주었다.

양측의 설명이 끝나자 도무탄이 먼저 입을 열었다.

"이렇게 되면 영능이 절세불련에 구원을 요청하는 것이나
도주하는 것을 봉쇄해야겠군."

그것은 양측의 설명이 끝난 직후 수라마룡이나 소연풍, 주
천강도 제일 먼저 떠올렸던 제 일감이다.

이쪽에 세력이 불어났으며 수라마룡이 멀쩡하게 회복했
고, 또 등룡신권과 무적검룡, 독보창룡까지 가세한 것을 알게
되면 영능이 택할 길은 두 가지다.

즉, 이곳 산중에서 물러서지 않고 끝장을 볼 각오라면 절세
불련에 원군을 요청할 것이고, 그게 아니고 불리하다는 판단
이 서면 일단 도주하는 것일 게다. 그 두 가지 길 말고는 달리
방법이 없다.

주천강이 도무탄에게 물었다.

"무탄 자넨 이곳에서 영능을 제거할 생각이로군?"

그는 도무탄의 말에 그의 의도를 즉시 알아차렸다.

도무탄은 고개를 끄떡이면서 주먹을 힘껏 움켜쥐었다.

"그래. 지금보다 좋은 기회가 어디에 있겠나?"

"그건 그래."

도무탄은 소연풍과 주천강을 차례로 바라보며 진지한 표정으로 물었다.

"자네들, 도와줄 거지?"

주천강은 복잡한 표정을 지으며 고개를 모로 꼬았다.

"생각 좀 해보고."

"어……."

도무탄은 주천강의 뜻밖의 반응을 접하고 꿀밤을 한 대 얻어맞은 듯한 표정을 지었다.

그는 주천강이 당연히 도와줄 것이라고 생각했었다. 그런데 지금 돌이켜서 생각해 보니까 자신이 왜 그렇게 확신을 했는지 모를 일이다.

소연풍과 주천강이 수라마룡을 구하는 일을 도와준 것만 해도 고마운데 이제 이런 상황이 됐다고 해서 구렁이 담 넘어가듯이 은근슬쩍 영능과 절세불련을 와해시키는 일에 끌어들이려 하고 있지 않은가.

더구나 도무탄은 두 사람이 도와줄 것이라고 의심의 여지없이 믿고 있었으니 이건 칼만 들지 않았지 날강도 짓이나 다름이 없다.

탁!

"억!"

그때 옆에 앉은 소연풍에게 느닷없이 뒤통수를 사정없이 한 대 얻어맞은 주천강은 두 눈이 튀어나올 것처럼 비명을 질렀다.

"왜 때리나?"

"무탄이 묻는 말에 제대로 대답 안 할래?"

"아프잖아!"

주천강이 뒤통수를 쓰다듬으면서 발끈하는데도 소연풍은 끄떡하지 않았다.

"이서 대답해."

그래도 주천강은 자신의 뜻을 굽히지 않았다.

"술 한잔 거하게 사주면 돕지."

사실 인생의 순간순간을 재미있게 즐기면서 사는 것을 낙으로 여기고 있는 그는 도무탄의 물음에 즉각 그러겠다고 대답을 하는 것은 시시하다는 생각이 들었다. 그래서 나름대로의 독특한 방법으로 수락하려다가 소연풍에게 한 대 얻어맞은 것이다.

"이번 일이 끝나면 파양현 적화루에서 적화의 시중을 받으면서 한잔 마시고 싶다."

그 말에 수라마룡의 표정이 가볍게 변했다. 그는 적화루주 적화를 짝사랑하고 있는데 방금 주천강이 적화를 거론했기 때문이다.

슥—

소연풍이 또다시 때리려고 팔을 들어 올리자 주천강은 피하는 시늉을 하면서 급히 말했다.

"왜 또 때리려는 거야?"

도무탄은 두 사람이 하는 양을 보면서 흐뭇하게 빙그레 미소 지었다.

두 사람의 행동은 마치 어린 장난꾸러기 소년이 티격태격하는 것처럼 보였다.

더구나 소연풍은 주천강이 대명제국의 태자라는 신분인 것을 알고 있을 텐데도 정말 막역한 친구처럼 뒤통수를 아무렇지도 않게 때리고 있다. 소연풍에게 주천강은 그저 친구일 뿐이다.

소연풍이 손으로 주천강의 뒤통수에 대고 또 때리려는 시늉을 하면서 을렀다.

"적화가 아냐."

"아! 그렇지. 소운설이지, 운설."

주천강은 즉시 꼬랑지를 내리고 정정해서 도무탄에게 주문했다.

"그러니까 파양현 적화루에서 운설이 시중들게 하고 술 한잔 거하게 사라 이걸세."

도무탄은 흔쾌히 수락했다.

"알았네."

주천강이 이번에는 수라마룡에게 넌지시 말했다.

"자네 적화루 알지?"

"아네."

주천강이 턱으로 도무탄을 가리켰다.

"이 친구가 적화루를 샀어. 적화루는 이 친구 거야. 그러니까 적화루에서 술 마시려면 이 친구 허락을 받아야 하는 거란 말일세."

수라마룡은 석이 놀라는 표정으로 도무탄을 쳐다보았다. 그러나 놀랄 일은 아직 더 남았다.

"그리고 적화루주인 적화, 아니, 소운설은 이 친구의 사촌 여동생이야."

주천강이 팔꿈치로 소연풍을 쿡 찌르며 말하자 수라마룡은 눈을 크게 뜨며 놀랐다.

그런 일은 상상조차 해본 적이 없었다. 냉혈한인 무적검룡 소연풍하고 곱고 아름답기 그지없는 적화루주 적화하고는 어떤 상태로든 연결이 되지 않기 때문이다.

"정… 말인가?"

소연풍은 가볍게 고개를 까딱했다.

"그래."

수라마룡이 소운설을 연모하고 있다는 사실을 이미 알고 있는 소연풍은 이 기회에 그의 심장에 대못을 박아야겠다고 생각했다.

"내가 운설을 무탄에게 주었다."

"……."

수라마룡은 뜨악한 표정으로 도무탄을 쳐다보는데, 주천강이 참견을 했다.

"운설이 무탄을 좀 좋아해야 말이지. 이 친구가 말 못 하는 운설의 입을 터주고 나서 그녀는 무탄 없이는 한시도 살 수 없는 여자가 돼버렸네. 쉬운 말로 무탄을 죽도록 사랑하고 있다네."

"적화가 말을 한다는 것인가?"

"소운설일세."

주천강이 정정해 주었다.

"그래. 소운설이 말을 하나?"

"무탄이 고쳐 주었다니까?"

수라마룡은 정신을 차리지 못하는 표정이다. 그도 그럴 것이 적화루를 도무탄이 샀다는 것이나, 적화의 이름이 소운설이며 그녀가 소연풍의 사촌 여동생이라는 사실, 그리고 소운설이 도무탄을 죽도록 사랑한다는 사실 등은 그를 순식간에 무간지옥으로 추락시켰다.

도무탄과 소연풍, 주천강은 지금 수라마룡이 어떤 심정일지 충분히 짐작하고 있다.

능히 미남 소리를 들을 만큼 준수하면서 대리석을 깎아서 조각을 한 것처럼 차디찬 기운을 풍기는 수라마룡이 멍한 표정을 짓고 있는 것을 보면 알 수 있다.

그러나 사실 그의 반응은 뜻밖이다. 하늘이 무너져도 눈 하나 까딱하지 않을 것 같았던 그가 소운설에 대해서는 이 정도로 충격을 받다니 도무탄 등 세 사람은 눈으로 보면서도 믿어지지 않았다.

그걸 보면 그가 소운설을 얼마나 진심으로 짝사랑했었는지 능히 짐작할 수 있다.

"그런데 자네 이름은 뭔가?"

괜히 수라마룡에게 미안한 생각이 든 도무탄이 잠시의 침묵을 깨고 그에게 물었다.

"설마 성이 수라고 이름이 마룡은 아니겠지?"

어색해진 분위기를 완화시켜보려고 도무탄 딴에는 짐짓 우스갯소리를 했는데 아무도 웃지 않아서 분위기가 더욱 묘해졌다.

그러나 수라마룡은 도무탄의 말에 정신을 수습하고 담담하게 대답했다.

"적유랑(勣裕郎)일세."

"호오… 좋은 이름이로군."

그러고 나서 한바탕 적 형이니 유랑이니 서로 이름을 부르면서 통성명을 하면서 어색했던 분위기가 어느 정도 완화되었다.

잠시가 지난 후에 수라마룡 적유랑은 도무탄을 보며 슬쩍 지나가는 말처럼 물었다.

"자네 적화를 좋아하나?"

"누구? 운설?"

"그래, 소 낭자."

적유랑의 물음에는 많은 의미가 함축되어 있다. 도무탄의 대답 여하에 따라서 그는 소운설을 짝사랑하는 것을 포기하거나 아니면 사촌 오빠가 있는 이 자리에서 자신이 그녀를 사랑하고 있음을 선언할 생각이다.

소연풍은 짐짓 딴청을 부리고 있지만 실상 적유랑보다 더 긴장하고 있다.

도무탄이 소운설을 모른 체하면 죽여 버리겠다고 주천강에게 호언장담했기 때문이다.

그렇다고 도무탄이 소운설을 외면한다고 정말 그를 죽일 수는 없다. 또한 절교할 수도 없는 상황이라서 그도 고민을 하고 있는 것이다.

도무탄은 장사로 잔뼈가 굵었고 수많은 계략자를 만나면

서 두뇌 회전이 난련된 사람이다.

　그러므로 지금 상황에서 머뭇거리면 안 된다는 것을 본능적으로 감지했다.

　"나는 운설을 좋아하는 게 아니라 그녀 못지않게 사랑하고 있다네."

　"그… 런가?"

　적유랑은 짝사랑이 완전히 물살을 헤치면서 강을 건너서 가고 있는 파도 소리를 들었다.

　도무탄은 소연풍 입가에 만족한 미소가 떠오르는 것을 못 본 체하면서 더욱 의기양양하게 못을 박았다.

　"이번 일이 끝나면 운설을 아내로 맞이할 생각이야."

　적유랑의 얼굴이 서리를 맞은 듯 구겨지는 것과는 달리 소연풍은 얼굴이 점점 환해졌다.

　그리고 어째서 도무탄이 갑자기 소운설을 사랑하게 되었는지 잘 알고 있는 주천강은 헤벌쭉 미소를 지었다. 누구에게나 목숨은 소중한 것이다.

　도무탄과 소연풍, 주천강은 아무 소리도 하지 않고 지그시 어금니를 악물고 있는 적유랑이 내심으로는 소운설에 대한 짝사랑을 접고 있다는 사실을 직감했다.

第百二章

희비교차(喜悲交差)

수라전의 고수 수라귀수들과 강서성 마도 방, 문파의 마도 고수들을 통칭하여 수라마룡대(修羅魔龍隊)라고 하는데 그들 오백여 명은 지금 기진맥진한 상태다.

당장에라도 도주를 멈추고 아무데나 누워서 쉬고 싶은 마음이 간절했다.

자신들의 우두머리 수라마룡이 절세불룡 영능과의 일대일 싸움에서 당하여 쓰러지고는 수라사존에 의해서 어디론가 사라진 직후부터 지금까지 거의 쉬지도 못하고 계속 도주만 하고 있기 때문이다.

그런데도 이들의 도주하는 발걸음은 점점 더 빨라지고 있는데 그럴 수밖에 없는 상황이다.

추격하고 있는 절세불련의 선발대가 등 뒤 불과 몇 리까지 바짝 따라붙은 탓이다.

그래서 도주하는 데 가일층 박차를 가하면 절세불련 선발대와의 거리가 조금 멀어졌다가도 두어 시진 지나면 다시 좁혀지기를 반복했다.

그럴 때마다 도주하는 무리의 후미를 이루고 있는 마도 고수들은 불만이 쌓이고 쌓여서 이따금 볼멘소리가 여기저기에서 튀어나왔다.

"이렇게 죽어라고 도망만 칠 게 아니라 절세불련하고 한번 붙어봅시다!"

"염병할! 언제까지 도망만 칠 겁니까?"

"이래 죽으나 저래 죽으나 매한가지인데 한번 대가리 터지게 싸워보기나 합시다!"

소리를 지르고 악을 쓰는 건 마도 고수들뿐이다. 엄격한 규율과 통제 속에 생활해 온 수라귀수들은 입도 뻥긋하지 않고 묵묵히 달리기만 했다.

수라마룡대 전체를 이끌고 있는 사람은 수라전의 총당주(總堂主) 여백월(呂白月)이다.

후미에서 마도 고수들의 불만과 외침이 전염병처럼 번지

고 있지만 여백월은 꿈쩍도 하지 않았다.

직속 상전인 수라사존으로부터 별명이 있기 전에는 무조건 도주만 하라는 명령을 받았기 때문이다.

수라전의 고수들에게는 상전의 명령을 불복하는 일 따위는 있을 수도 없는 일이다.

설혹 그런 명령이 없었다고 해도 여백월로서는 절세불련 선발대와 싸우고 싶은 생각이 추호도 없다.

만에 하나 그들과 싸워서 이긴다고 해도 싸우는 동안에 절세불련 본대가 들이닥칠 것이고, 그리되면 결과는 불을 보듯 뻔하다.

여백월은 평소에 비해서 절반 이하로 떨어진 경공술을 전개하면서 머릿속이 복잡했다.

과연 자신들이 살아서 고향 땅을 밟을 수 있을 것인지 오만가지 상념이 끝없이 명멸했다.

수라사존의 명령을 엄수하고 있기는 하지만 머릿속에서 먹구름처럼 끝없이 뭉글뭉글 떠오르는 상념까지 제어하는 것은 무리다.

"총당주! 사호법이십니다!"

바로 그때 옆에서 지친 기색으로 달리고 있던 당주 한 명이 다급한 외침을 터뜨렸다.

약간 고개를 숙인 채 상념에 잠겨서 달리고 있던 여백월은 움찔 놀라서 급히 고개를 들다가 전방 오십여 장쯤에 수라사존 네 명이 나란히 서 있는 것을 발견하고 지옥에서 구세주를 만난 듯 반가움이 파도처럼 일었다.

휘익!

여백월은 꺼져가는 기력을 끌어 올려 더욱 속도를 높여 전방으로 쏘아나가 수라사존 앞에 이르러 가쁜 숨을 몰아쉬며 허리를 굽혔다.

"속하 사호법을 뵈옵니다."

"따라와라."

무존이 한마디를 툭 던지자마자 수라사존은 방향을 우측으로 꺾어 달리기 시작했다.

일순 여백월은 어리둥절했으나 곧 뭔가 변화가 발생했다고 직감하고는 뒤따라온 당주들에게 따라오라 이른 후에 즉시 신형을 날려 수라사존을 따라붙었다.

"무슨 일입니까?"

막내 살존이 여백월을 힐끗 보면서 특유의 살기 어린 미소를 머금었다.

"잠시 후에 절세불련을 모조리 이 산중에 묻어버린다."

"네?"

여백월은 어리둥절한 얼굴이 되었다. 그도 그럴 것이, 절세불련에게 쫓겨서 죽느냐 사느냐 하는 판국에 외려 절세불련을 이 산중에 묻어버린다니 살존의 말이 도무지 실감이 나지 않았다.

여백월은 동원할 수 있는 모든 상상력을 다 동원해 봤고 결론은 하나로 귀결되었다. 마도의 응원군이 내거 이 산에 도착한 것이 분명했다.

그게 아니라면 번성현에서부터 엿새 동안 죽어라고 도주만 하고 있는 자신들이 절세불련을 전멸시킬 수 있는 방법이 전무하다.

수라마룡대 오백여 녕은 어느 계곡의 막나른 곳에서 비로소 멈추었다.

이곳은 깊은 계곡 맨 밑바닥으로 막다른 곳과 양쪽은 깎아지른 듯한 암벽이 수십 장 높이로 가로막혀 있다.

그리고 계곡 입구는 낭떠러지인데 그 까마득한 아래로는 깊은 강물이 유유히 흐르고, 절벽 위 이 장 정도의 구불구불한 좁은 폭이 계곡의 입구다.

쫓기는 수라마룡대가 좁은 곡구를 통해서 계곡 안으로 달려 들어가자 절세불련 선발대는 파도처럼 쏟아져 들어가며 곡구를 봉쇄해 버렸다.

절세불련 선발대는 오백여 명이다. 수라마룡대 오백 명과 수로는 비슷하나 양측의 무공 수준이 차이나므로 이 싸움의 결과는 보나마나 뻔하다고 할 수 있다.

계곡의 막다른 절벽 앞까지 쫓겨 와서 멈춘 수라마룡대 고수들이지만 얼굴에는 두려움이라곤 전혀 찾아볼 수 없으며 우왕좌왕하지도 않았다.

그들은 모두 일제히 돌아서서 전열을 가다듬으며 싸울 태세를 갖추었다.

수라사존에게서 총당주 여백월에게로, 그리고 당주들에게 전해졌던 모종의 충격적인 사실이 이즈음에는 수라마룡대 모두에게 전해졌기 때문이다.

즉, 수라마룡이 건재하며 등룡신권과 무적검룡, 독보창룡이 한편이 되었고, 절세불련 후발대 사천여 명이 동조하고 있다는 사실이다.

그래서 모두들 그동안에 쌓인 피로는 찾아볼 수가 없고 오히려 기세등등하여 싸우고자 하는 전의는 가히 하늘을 찌를 듯 드높았다.

이런 것을 보면 과연 사기라는 것이 얼마나 중요한지 잘 알수 있다.

얼마 전까지만 해도 기진맥진한 상태여서 아무 짝에도 쓸모가 없을 것 같았던 수라마룡대 고수들이지만, 지금은 산악을 단숨에 밀어버릴 듯한 기세다.

절세불련 선발대를 이끌고 있는 선두는 소림사를 제외한

사대문파의 장문인과 장로들이다.

소림사의 장로인 소림삼불은 장문인 절세불룡 영능과 함께 있기 때문에 이곳은 사대문파 장문인과 장로들이 지휘를 하고 있다.

무당파와 화산파, 아미파, 종남파 장문인들과 두세 명씩의 장로 도합 열 명은 각기 무기를 뽑아 쥐고는 수라마룡대를 향해 성큼성큼 거리를 좁혀갔다.

이들은 눈에 뵈는 게 없고 거칠 것도 없다. 자신들이 큰소리로 고함만 버럭 질러도 수라귀수와 마도 고수들이 기겁을 하고 납작하게 엎드려서 목숨만 살려달라고 두 손을 싹싹 빌 것 같은 상황이기 때문이다.

사대문파 장문인 등 열 명은 수라마룡대의 선두에 서 있는 수라사존 정면 열 걸음 앞에서 멈추었다.

사대문파 장문인들은 수라마룡대가 도주하다가 길을 잘못 들어서 계곡의 막다른 곳에 갇혔다고 생각했다. 지금까지의 상황으로 봤을 때 그렇게 생각할 수밖에 없다.

그러니 설마 수라마룡대가 자신들을 몰살시키기 위해서 이곳으로 유인한 것이라고는 꿈에도 상상하지 못했다.

그렇기 때문에 수라마룡대가 독 안에 갇힌 쥐 신세가 되어 어떻게 나올지 자못 통쾌한 심정으로 기대하고 있다. 모르긴 해도 십중팔구 무릎을 꿇고 살려달라고 애걸할 가능성이 크다고 짐작했다.

그런데 문득 사대문파 장문인들과 장로들은 정면에 마주 서 있는 수라사존을 비롯한 수라마룡대 고수들의 기세가 너무도 당당하고 표정이 득의한 것을 발견하고 본능적으로 뭔가 잘못됐다는 사실을 직감했다.

그때 수라사존 중에서 가장 성격이 급한 셋째 혈존이 으스스한 웃음을 흘렸다.

"크흐흐… 냄새 나는 위선자들아, 무덤 속까지 기어 들어오느라 애썼다."

심상치 않은 분위기를 감지한 사대문파 장문인들과 장로들, 그리고 그들 뒤쪽 선두의 고수들은 주위를 두리번거리면서 웅성거렸다.

쿵!

"갈(喝)!"

그때 무당 장로 창허자(蒼虛子)가 발을 구르면서 꾸짖는 소리를 냈다.

구대문파의 으뜸이 소림사라면 두 번째는 무당파다. 그러므로 영능이 없을 때에는 으레 창허자가 절세불련을 이끌어 왔었다.

창허자는 한 걸음 앞으로 성큼 나서서 검을 쥐지 않은 왼손으로 수라사존을 가리키며 엄하게 꾸짖었다.

"네놈들이야말로 이제는 빠져나갈 구멍이 없거늘 무슨 헛소리를 지껄이는 것이냐?"

창허자가 길길이 날뛰면서 카랑카랑하게 외치는 것과는 달리 염존은 점잖은 어조로 타일렀다.

"중생을 계도하는 도사의 입이 험하군."

그러고 보니까 명문대파 장문인의 말투와 마도 일존의 말투가 뒤바뀐 것 같아서 창허자는 일순 얼굴이 뜨거워졌으나 그냥 밀고 나갔다.

"개나 돼지에게는 예의를 차릴 필요가 없다. 네놈들은 개나 돼지만도 못한 마도이므로… 끄……."

창허자는 훈계하듯 엄하게 말하다가 갑자기 말을 흐렸다.

투우…….

그리고는 그의 왼쪽 가슴으로 시뻘겋고 가느다란 물체가 툭 삐져나왔다.

쐐액! 쐐애액!

"큭!"

"허억!"

그와 함께 주변에서 날카로운 파공음과 답답한 신음 소리가 동시에 터졌다.

창허자는 어금니를 악물고 눈을 부릅뜬 표정으로 자신의 가슴을 굽어보았다.

왼쪽 가슴, 즉 심장을 뚫고 두 뼘이나 튀어나온 것은 한 자루 날카로운 검첨이며 거기에서 핏방울이 뚝뚝 아래로 떨어졌다.

"대체 왜······."

창허자는 뒤돌아보려고 했으나 등에서부터 가슴까지 관통한 검 때문에 몸을 움직일 수가 없다.

퍽!

그때 창허자의 등을 검으로 찌른 사람이 발로 그의 엉덩이를 세게 걷어찼다.

"큭!"

창허자는 가슴에서 검이 쑥 뽑혀 앞으로 뒤뚱거리면서 나아가다가 수라사존 중에 살존 앞에 얼굴을 땅바닥에 처박으며 거꾸러졌다.

척!

"잘 왔다. 헛소리만 늘어놓는 말코도사."

살존은 한쪽 발을 들어 엎어져 있는 창허자의 뒤통수에 슬쩍 올려놓았다.

창허자는 고개를 들려고 버둥거렸으며 살존이 발에 약간 힘을 주자 머리가 그대로 터져 버렸다.

뻑!

머리가 으깨진 창허자의 몸뚱이는 부르르 세차게 경련을

일으키다가 축 늘어졌다.

절세불련 선발대 장문인들과 장로들 사이에는 어떤 긴박한 상황이 전개되고 있었다.

무당 장로 창허자의 등을 뒤에서 검으로 찌른 사람은 다름 아닌 아미파 장문인 금정신니(金頂神尼)였다.

그리고 금정신니와 함께 있던 네 명의 장로가 합세하여 화산파와 종남파 장문인을 급습하여 죽여 버렸다.

금정신니가 창허자 뒤로 슬그머니 다가갈 때 네 명의 아미파 장로도 화산 장문인과 종남 장문인 뒤로 다가갔으며, 금정신니가 출수할 때 그녀들도 동시에 출수하여 졸지에 세 명의 장문인을 모조리 죽인 것이다.

같은 편이라고 믿고 있었던 금정신니와 아미파 장로들의 급습이었기에 삼대문파 장문인들은 속수무책으로 당할 수밖에 없었다.

무당파와 화산파, 종남파의 장로들은 졸지에 장문인을 잃고 크게 당황했으며, 금정신니 등이 자신들도 공격할까 봐 급히 뒤로 물러섰다.

하지만 금정신니 등은 피 묻은 검을 움켜쥔 채 천천히 걸음을 옮겨 수라사존에게 다가갔다.

선발대 사대문파는 본대를 이끌기 위해서 한두 명의 장로들을 남겨두고 장문인과 다른 장로들이 이곳으로 왔다. 하지만 아미파는 네 명의 장로가 선발대에 모두 참가했다.

거기에는 그럴 만한 이유가 있었는데 장문인 금정신니와 장로들이 서로 떨어지지 않으려는 것이고, 방금 전처럼 세 문파의 장문인들을 일거에 죽이기 위해서였다.

절세불련으로 볼 때는 이것은 아미파의 배신이다. 하지만 아미파 입장에서는 이제야 뒤늦게나마 선(善)의 탈을 쓴 악의 구렁텅이에서 빠져나온 것이다.

이게 어떻게 된 일인가 하면, 절세불련 후발대였다가 도무탄의 노력으로 절세불련과 인연을 끊은 사대문파 중에서 청성파의 임시 장문인이 된 무운자가 암암리에 아미파 장문인 금정신니를 만나서 회유를 했던 것이다.

금정신니는 오랜 세월 동안 마지못해서 소림사에 끌려다니면서도 괴로워했었다.

절세불련이 천하 곳곳에서 갖가지 악행을 일삼고 다닌다는 소문을 귀에 딱지가 앉을 정도로 듣고 있으면서도, 아미파가 봉기하여 절세불련을 무너뜨리지는 못할망정 오히려 그들의 악행을 돕고 있다는 것 때문에 살아도 살아 있는 것이 아닐 정도로 비참한 심정이었다.

그러던 차에 금정신니는 때마침 청성파 무운자의 말을 듣고 이제는 더 이상 기회를 놓칠 수가 없다는 심정으로 절세불련에 등을 돌리기로 결심을 굳혔던 것이다.

그렇지만 일단 무당 장로 창허자와 삼대문파 장문인들까지 모조리 죽이고 나서 마도의 존장(尊丈)들인 수라사존을 향해 걸어가고 있는 금정신니와 장로들의 심정은 무겁고도 착잡하기 이를 데 없다.

무운자에게 대강의 설명을 듣기는 했었지만, 마도와 손을 잡아야 하다니 꼭 이렇게까지 할 수밖에 없는 현실인가, 라는 회의가 순간적으로 밀려들었다.

"크흐흐… 어서 오시오, 신니."

수라사존의 혈존이 가까이 다가온 금정신니를 향해 마기를 물씬 풍기며 섬뜩하게 미소 지었다.

그런 모습에 익숙하지 않은 금정신니와 네 명의 여승은 움찔하며 몸을 추슬렀다.

금정신니는 육십오륙 세 정도의 나이고 머리에는 삼색 비단으로 만든 예쁜 모자를 쓰고 있는데 워낙 곱게 늙어서인지 사십 대 정도로밖에는 보이지 않았다. 또한 중년 여인처럼 고아한 자태와 미모를 지니고 있었다.

"금정신니가 이토록 미인이라니 놀라운 일이로군."

혈존이 으스스한 미소를 흘리며 핥듯이 금정신니의 머리에서 발끝까지 훑어보자 그녀는 불쾌한 듯 미간을 찌푸리면서 혈존에게 검을 휘두르고 싶은 심정을 겨우 눌러 참았다.

"경거망동하지 마라."

무존이 나직이 꾸짖자 혈존은 찔끔하며 어깨를 움츠렸다.

"금정신니! 이게 무슨 짓이오?"

"아미파가 절세불련을 배신하겠다는 뜻이오?"

"금정신니! 어찌 이리 패악무도한 짓을 한다는 말이오?"

삼대문파 장로들은 분을 참지 못하고 무기와 주먹을 휘두르면서 악다구니를 써댔다.

창졸간에 벌어진 황당한 일에 그들은 잠시 동안 정신을 차리지 못하다가 뒤늦게야 마른 들풀에 불붙은 것처럼 소란을 피웠다.

"아미파 제자들은 내버리고 장문인과 장로들만 마도 편에 들러붙겠다는 것이오?"

"모두들 아미파를 포위하라!"

선발대 장로들의 고함을 신호로 선발대 고수들이 아미파 제자들을 공격하기 위해서 갑자기 좍 흩어졌다.

그러나 아미파 제자, 즉 여승들은 어디에서도 한 명도 보이지 않았다.

잠시 후에 선발대 고수들이 아미파 여승들을 찾기는 했는데 그녀들은 모두 수중에 검을 움켜쥔 채 곡구 쪽에 잔뜩 모여 있었다.

"저기 있다!"

"도망치려고 한다!"

선발대는 아미파 여승들이 위기를 느끼고 장문인과 장로들을 내버려 둔 채 자기들끼리만 도망치려 하는 것이라고 오해를 했다.

"잡아라!"

"놓치면 안 된다!"

삼대문파 장로들이 명령을 내리기도 전에 선발대 고수들은 곡구에 모여 있는 아미파 여승들을 향해 우르르 떼를 지어 몰려갔다.

그러나 아미파 여승들의 움직임은 도망치려는 것이 아니라 곡구를 등진 자세로 봉쇄하고 있는 광경이다. 즉, 선발대가 도망칠까 봐 곡구를 가로막고 있는 것이다.

그런 것을 모르는 선발대는 질세라 앞다투어 곡구를 향해 전력으로 질주했다.

그런데 바로 그때 곡구를 가로막고 있던 아미파 여승들이 양쪽으로 길을 트며 곡구를 열어주었다.

그러더니 곡구를 통해서 바깥의 고수들이 줄줄이 길게 열을 지어 안으로 밀려 들어왔다.

쏴아아―

그들의 경공술과 옷자락 펄럭이는 소리가 마치 잔잔한 파도 소리 같았다.

곡구를 향해 한꺼번에 몰려가던 선발대는 그 광경을 발견하고 크게 놀라서 누가 먼저랄 것도 없이 급히 달리는 것을 멈추었다.

양쪽으로 곡구를 터준 아미파 여승들 사이로 고수들은 끊임없이 쏟아져 들어왔다.

그들이 입고 있는 옷은 모두 도사들이 입는 득라(得羅), 포자(袍子), 환군(環群), 납두(納頭) 등으로 남청색과 자색, 황색이 주를 이루었다.

그런 도복(道服)은 이곳에 있는 무당파나 화산파, 종남파 같은 도가의 도사들도 입고 있으며, 구대문파에서는 청성파와 점창파, 곤륜파, 공동파가 그런 옷을 입는다.

다시 말해 지금 쏟아져 들어오고 있는 도사들은 청성, 점창, 곤륜, 공동 사대문파의 고수인 것이다.

즉, 절세불련의 후발대로 오게 되어 있는 사대문파가 당도하는 있는 것처럼 보여서 곡구에 몰려 있는 아미파 여승들이 꼼짝없이 포위된 형국이다.

"와아아—!"

"야아! 후발대가 도착했다—!"

곡구로 몰려온 선발대 고수들이 사대문파 도사들을 보고 비로소 같은 절세불련이라고 판단하여 우레 같은 함성을 지르면서 반겼다.

수라마룡대와 가깝게 대치하고 있는 선발대 삼대문파 장

로들은 선발대 고수들에 가려서 곡구를 볼 수는 없지만 함성을 듣고 어떻게 된 영문인지 알게 되어 얼굴이 환하게 퍼지면서 기고만장해졌다.

그렇지만 수라사존과 수라마룡대 고수들, 그리고 금정신니 등이 태연한 표정, 아니, 외려 득의양양한 모습인 것을 발견하고는 더럭 심장이 내려앉으며 조금 아까처럼 또다시 불길한 예감이 들었다.

그러더니 갑자기 무당파 장로 한 명이 곡구를 향해 사자후의 수법으로 우렁차게 외쳤다.

"선발대는 당장 돌아와라! 그들은 후발대가 아니라 변절자다! 어서 돌아와라!"

그는 공력이 매우 심후해서 외침이 깊은 계곡을 쩌렁쩌렁하게 울렸다.

그러자 곡구로 쏟아져 들어오고 있는 후발대 사대문과 도사들에게 반갑게 몰려가던 선발대 고수들이 놀란 얼굴로 뒤돌아서더니 냅다 계곡 안쪽으로 달리기 시작했다.

황급히 도망치느라 서로 부딪치고 쓰러지며 밟히는 자들이 속출했다.

"우왓!"

"와악!"

곡구에 모여 있는 아미파 여승들은 쏟아져 들어오는 사대

문파 도사들을 보면서 반가움과 안도의 환한 표정을 짓고 있
는데 대부분 눈물을 감추지 못했다.

그것만 보더라도 아미파 여승들이 절세불련에 동조를 하
는 동안 얼마나 마음고생을 했었는지 어렵지 않게 짐작할 수
가 있다.

선발대들은 우왕좌왕하면서 갈피를 잡지 못했다. 그러나
그들이 분명하게 감지하고 있는 것이 있다. 자신들이 이곳에
서 철저하게 포위됐다는 것, 그리고 이곳을 살아서 나가기가
어려울 것이라는 사실이다.

금정신니와 네 명의 장로 얼굴에 비로소 안도의 표정이 봄
바람처럼 피어났다.

그녀들은 자신들을 은밀하게 찾아온 무운자하고 대화를
나누고 나서 절세불련과 인연을 끊을 것이며 무당 장로 창허
자 등을 급습하겠다는 밀약(密約)을 맺기는 했으나 사실 몹시
불안했었다.

만약 금정신니 등이 무운자와 약속한 대로 이곳에서 삼대
문파 장문인들을 처치했는데 사대문파가 나타나지 않거나 그
외의 몇 가지 약속이 지켜지지 않는다면 그야말로 아미파는
그것으로써 끝장이기 때문이다.

그걸 보면 금정신니는 아미파의 명운을 걸고서 큰 도박을
한 것이다.

"아아……."

"맙소사……."

"저… 저기 허공에……."

그런데 그때 갑자기 좌중 여기저기에서 놀람에 가득 찬 탄성과 한숨 소리가 터져 나왔다.

그리고는 모두의 시선이 금정신니와 수라사존의 머리 위 허공으로 집중되었다.

지상에서 이십여 장 높이의 까마득하게 높은 허공에 네 명의 청년이 나란히 선 자세에서 아래를 향해 느릿하게 하강하고 있었다.

네 청년의 십여 장 높이에 절벽 꼭대기가 있는데 아마 그곳에서 뛰어내린 듯했다.

그들의 모습은 마치 천상에서 천신들이 강림하는 것처럼 신비롭게 보였다.

그들은 왼쪽으로부터 적유랑과 도무탄, 소연풍, 주천강이었으며 손을 잡지는 않았으나 누가 보더라도 매우 다정한 친구인 것 같았다.

또 한 가지, 그들은 하나같이 이십 대 초중반의 새파란 청년이지만 지금 그들이 행하고 있는 광경을 보면 초범입성(超凡入聖)의 경지에 들어선 것이 분명했다.

계곡 안에 있는 모든 사람 중에서는 네 청년이 누구인지 알고 있는 사람도 더러 있지만 그보다는 모르는 사람이 훨씬 더 많았다.

그렇지만 지금 네 청년이 보여주는 것처럼 허공에 꼿꼿하게 선 채 유유히 하강하는 신법은 경공술 중에서도 상승의 고명한 수법이라서 네 청년이 누군지 모르는 사람들일지라도 그들이 굉장한 인물일 것이라고 짐작했다.

도무탄을 비롯한 네 청년은 수라사존과 금정신니 사이에 새털처럼 사뿐히 내려섰다.

금정신니와 아미파 장로들은 이미 들은 바가 있어서 네 청년이 천하육룡의 사룡이라는 사실은 알고 있지만 누가 누군지 정확하게는 모르고 있다. 그렇더라도 그녀들은 사룡의 비범함에 이미 흠뻑 매료되었다.

이윽고 도무탄이 금정신니에게 정중하게 포권을 하며 미소를 지었다.

"처음 뵙겠습니다, 신니. 불초 도무탄이라고 합니다."

금정신니는 당금 무림에서 유일하게 절세불련에 항거하고 있는 정의의 협객을 눈앞에 대하고는 존경과 흠모의 표정을 지었다.

"아미타불! 등룡신권 도 시주로군요!"

그리고는 모두에게 들리도록 일부러 큰 소리로 외쳤다. 우리 편의 사기를 높이고 적의 기를 꺾으려는 의도다.

그러자 가까이에 있던 선발대 삼대문파 장로들이 깜짝 놀라 헛바람 소리를 냈다.

"헛?"

"저자가 등룡신권……."

"어엇?"

삼대문파 장로들은 물론이고 선발대 고수 모두들 이곳에 등룡신권이 나타날 줄은 꿈에도 예상하지 못했기에 놀라서 뒤로 물러나며 소란이 벌어졌다.

도무탄은 이번에는 금정신니에게 소연풍과 주천강, 적유랑을 차례로 소개했다.

그런데 주천강만 금정신니에게 합장을 해 보이며 벙긋 미소를 지었다.

"주천강이 신니를 뵈오."

금정신니는 자못 긴장하여 주천강을 바라보았다.

"혹시… 독보창룡 시주이신가요?"

"그렇소."

"아미타불……."

금정신니는 반가운 미소를 지으며 불호를 외웠고, 반면에 절세불련 선발대 고수들의 얼굴은 점점 더 흑색으로 일그러지고 있었다.

등룡신권에 이어서 독보창룡까지 출현했으니 그렇지 않아

도 나빴던 상황이 최악으로 치달았다.

그렇지만 도무탄의 소개에도 소연풍과 적유랑은 금정신니를 힐끗 보면서 고개만 가볍게 까딱였을 뿐이지 입은 벙긋하지도 않았다.

그런 것을 가만히 보고만 있을 도무탄이 아니다. 그는 소연풍과 적유랑에게 엄히 말했다.

"연풍, 유랑. 금정신니는 무림의 어른이시다. 제대로 예의를 갖추는 것이 도리가 아니겠나?"

금정신니는 도무탄의 지적을 받은 소연풍과 적유랑이 슬쩍 미간을 찌푸리는가 하면 두 눈에서 번쩍 기광이 뿜어졌다가 사라지는 것을 보고는 심장이 콩알처럼 오그라들 만큼 기겁했다.

"아… 아니오. 인사는 무슨……."

소연풍과 적유랑은 거보라는 듯 도무탄을 쳐다보았으나 그는 물러서지 않았다.

"너희들 어서 제대로 인사 안 할래?"

소연풍과 적유랑은 고집으로는 절대 도무탄을 꺾지 못한다는 사실을 잘 알고 있다.

더구나 그는 절대로 틀린 말을 하지 않으므로 질 수밖에 없다. 두 사람은 어쩔 수 없이 금정신니를 향해 포권을 하며 정중히 허리를 굽혔다.

"소연풍이 신니를 뵈오."

"적유랑이 신니를 뵈오."

금정신니는 인사 같은 것은 받지 않아도 좋으니까 어서 빨리 이 상황에서 벗어나고 싶은 심정이라 화들짝 놀라며 두 사람보다 더 깊이 허리를 굽혔다.

"아미타불… 금정이오……."

도무탄은 금정신니가 당황해서 좌불안석하는 것을 보고 웃음을 참으려다가 결국 터지고 말았다.

"하하하하!"

금정신니는 당황하여 도무탄을 쳐다보았다.

"도 시주께선 왜 웃으시오?"

그래도 금정신니는 다른 삼룡보다는 서글서글하고 붙임성 있는 도무탄이 제일 편했다.

도무탄은 참지 못하고 계속 웃었다.

"하하하! 신니께서 당황하신 모습이 무척 귀여우십니다."

'에구머니… 귀엽다니…….'

금정신니는 귀뿌리까지 빨개질 정도로 부끄러워서 어쩔 줄 몰랐다.

하긴 세 살 때 아미파에 들어와 이날 이때까지 속세하고는 등진 채 무공연마와 불경하고만 벗하여 살아왔으니 몸도 마음도 어린 소녀나 다름이 없을 터이다.

금정신니는 얼굴이 홍당무가 되어 도무탄을 살짝 흘겼다.

"도 시주, 노니를 놀리지 마세요."

"하하하! 알겠습니다, 신니."

도무탄은 정겹게 한 팔로 금정신니의 어깨를 감싸면서도 웃음을 그치지 않았다.

"……."

도무탄의 도발적이면서도 친근한 행동에 금정신니는 소스라치게 놀랐다. 난생처음 사내에게 어깨를 맡겼으니 무리가 아니다.

더구나 키가 머리 하나 반 이상 더 크고 체구는 두 배나 더 큰 도무탄에게 거의 안긴 상태지만 그녀는 뿌리치지 않고 가만히 있었다.

그 모습을 멀뚱하게 바라보는 소연풍과 주천강, 적유랑은 도무탄의 친화력이 가히 천하무적이라는 사실을 새삼스럽게 실감했다.

第百三章

인정사정 볼 것 없다

깊은 산중의 계곡 안에는 마치 한 사람도 없는 것처럼 고요함이 흐르고 있다.

계곡의 곡구에서 막다른 곳까지의 거리는 대략 이백여 장쯤이며 한가운데에 절세불련의 선발대 오백여 명이 옹송그리고 모여 있는 광경이다.

그리고 곡구에는 백여 명의 아미파 여승을 비롯하여 청성파, 점창파 등 사대문파의 고수 천여 명이 반원형으로 펼쳐져 있다.

계곡의 막다른 곳에는 도무탄을 비롯한 사룡과 금정신니,

네 명의 아미파 장로, 수라사존과 수라마룡대 오백 명이 진을 치고 있는 광경이다.

절세불련 선발대는 오백여 명이고 도무탄 쪽 고수의 수는 세 배인 천오백여 명이다.

일단 절세불련 선발대는 수적으로도 상대가 되지 않으며 도무탄을 비롯한 사룡만으로도 절세불련 선발대를 전멸시킬 수 있을 정도다.

더구나 절세불련 선발대는 사기가 바닥에 떨어져서 이미 싸울 의사가 전혀 없는 것 같았다.

그 예로 그들 중에 아무도 무기를 뽑지 않은 모습이다. 무기를 뽑으면 싸우겠다는 뜻으로 비춰질까 봐 아예 두 손을 늘어뜨리고 있다.

한마디로 도무탄 등의 자비로운 처분만을 애처롭게 기다리고 있는 모습이다.

고요함이 길어질 때쯤 소연풍과 주천강, 적유랑, 그리고 금정신니 등이 도무탄을 쳐다보았다. 누가 입을 열지는 않았으나 그더러 이 상황을 정리하라는 뜻이다.

"알았네."

도무탄은 고개를 끄떡이고는 절세불련 선발대 고수들을 향해 우뚝 섰다.

하지만 그의 키가 아무리 크다고 해도 동일한 눈높이에서는 그들을 한꺼번에 모두 보는 것이 불가능했다.

"물러서게."

그의 뜻을 알아차린 소연풍이 가볍게 고개를 끄떡이더니 오른쪽의 암벽을 쳐다보고 마주 섰다.

파츠츠츳—

순간 소연풍에게서 찬란한 청광(靑光)이 번갯불처럼 뿜어져 암벽을 향해 쏘아갔다.

도무탄에게 우정의 선물로 받은 칠성검에서 가공할 검강이 발출된 것이다.

아무도 그가 발검하는 것을 보지 못했으며, 검은 원래대로 그의 어깨에 메어져 있다.

쩌쩌쩌어—

그 순간 물을 흠뻑 머금은 채찍으로 돌을 내려친 듯한 날카로운 음향이 고막을 울리며 청광이 암벽을 찰나지간에 가로세로로 그어졌다.

그긍…….

그리고는 다음 순간 암벽 전체가 미미하게 진동하는가 싶더니 지상에서 일 장 높이의 암벽에서 사각의 바위 하나가 불쑥 두어 자 정도 밖으로 돌출되었다.

검강을 발출하여 암벽에서 사각의 바위를 잘라내어 뽑아낸 것이다.

그때 주천강이 바위를 향해 서서 쌍장을 내밀었다가 서서히 당기는 동작을 취하면서 개세적인 접인신공을 발휘하여 바위를 암벽에서 뽑아내기 시작했다.

드그그… 후웅!

그러자 가로 세로 이 장 크기의 거대한 바위가 마치 밭에서 무를 잡아당기는 것처럼 암벽에서 쑥 뽑혀 도무탄 등을 향해 쏜살같이 날아왔다.

그 순간 잠자코 있던 적유랑이 쏘아오는 바위 앞으로 나서며 어깨의 도를 뽑아 어지럽게 그어댔다.

스파앗―

사가가각―

쏘아오던 바위에서 깎여 나간 크고 작은 돌들이 사방으로 우박처럼 쏟아지자 사람들은 놀라서 분분히 피했다.

쿵!

그리고는 바위가 도무탄 앞에 묵직하게 내려서면서 우르르 지축을 울렸다.

그런데 바위의 형태가 변했다. 변해도 그냥 변한 게 아니라 완전히 다른 모습으로 변해버렸다.

처음에 소연풍이 암벽에서 잘라내고 주천강이 뽑아낸 바위는 그저 밋밋한 사각이었을 뿐이다.

그런데 지금은 하나의 깔끔한 제단으로 변모했다. 바위 위로 오르는 계단이 있는가 하면, 바위의 위쪽과 옆 사면이 매끄럽기 그지없다.

단지 한 번 숨 쉴 정도의 짧은 시간에 벌어진 입이 딱 벌어질 정도로 기상천외한 광경을 보고 대경실색하지 않는 사람은 한 명도 없었다.

그렇지 않아도 사기가 꺾여서 처분만 바라고 있던 절세불련 선발대 고수들은 완전히 얼굴을 땅바닥에 묻을 지경이 돼버렸다.

반대로 이쪽 고수들은 의기양양해서 함성이라도 지르고 싶어 목구멍이 간지러웠다.

"올라가게."

주천강이 빙그레 미소 지으며 도무탄에게 바위 위로 오르기를 권했다.

도무탄은 금정신니부터 챙겼다.

"신니, 오르시지요."

금정신니는 도무탄이 하나에서 열까지 자신을 챙기는 것이 부끄러우면서도 기분이 좋은 듯 흐뭇한 미소를 지으며 바위 위로 신형을 날리려고 했다.

그때 도무탄이 손을 뻗어 그녀의 팔을 가만히 잡고는 전음을 보냈다.

[신니, 그렇게 단번에 오르시면 수라마룡의 성의를 무시하

시는 겁니다.]

금정신니는 아차하는 마음에 움찔했다. 수라마룡이 기껏 돌계단까지 만들어주었는데 그걸 무시하고 바위 위로 단번에 날아오른다면 그녀가 수라마룡이라고 해도 기분이 좋을 리가 없을 것이다.

널찍한 바위 위에서 도무탄을 비롯한 사룡과 금정신니는 일렬로 나란히 서서 절세불련 선발대 고수들을 굽어보았다.

이윽고 도무탄은 조용하지만 묵직하게 힘이 실린 목소리로 일성을 발했다.

"긴말하지 않겠소. 투항하면 살려주는 것은 물론이고 간소한 절차를 거쳐서 우리의 동료로 받아주겠소."

그의 말은 절세불련 선발대 모두의 귓속으로 파고들었다. 이미 완전히 전의를 상실한 그들은 도무탄의 '살려준다' 라는 말과 '동료로 받아주겠다' 라는 약속에 비로소 안도의 표정을 지었다.

"네 이놈! 헛수작 부리지 마라!"

"무량수불… 더러운 헛바닥으로 누굴 꼬드기느냐?"

절세불련 선발대 앞쪽에 늘어서 있는 세 명의 장로가 도리어 도무탄을 엄하게 꾸짖었다.

그들은 골수까지 영능에게 물들었든지 아니면 도무탄 등이 장로인 자신들까지 살려주지는 않을 것이라고 지레짐작을 한 것 같았다.

콰웅!

그 순간 느닷없이 폭죽을 쏘아 올리는 듯한 둔중한 파공음이 터졌다.

그와 동시에 절세불런 선발대 앞쪽에 서 있던 세 명의 장로가 서둘러 이승을 하직했다.

방금 그 파공음은 소연풍의 검과 적유랑의 도, 그리고 주천강의 강기가 동시에 발출되면서 낸 음향이었다.

소연풍의 검은 장로 한 명의 미간에 손톱 크기의 구멍을 뚫었으며, 적유랑의 도는 또 다른 장로를 정수리에서 사타구니까지 세로로 양단(兩斷)했고, 주천강의 강기는 마지막 장로의 머리통을 잘 익은 수박 터지듯이 박살 내버렸다.

이로써 절세불런 선발대를 이끌던 우두머리가 모두 사라졌다.

도무탄은 조금 전처럼 조용한 목소리로 말을 이었다.

"지금 즉시 그 자리에 앉는 사람은 투항하는 것으로 받아들이겠소."

금정신니가 긴장된 얼굴로 눈을 한 차례 깜빡이고 나서 봤더니 절세불런 선발대 고수 오백여 명이 단 한 명도 남김없이 그 자리에 무릎을 꿇고 있었다.

*　　*　　*

"어디에서도 선발대를 찾을 수가 없습니다."

"선발대가 남긴 표식이나 노부, 그와 비슷한 것도 일체 발견하지 못했습니다."

"일단의 무리가 동남향으로 이동하고 있는 흔적을 발견했습니다. 흔적은 동남쪽으로 계속 이어지고 있는데 아무래도 수라마룡대 같습니다."

"본대와 수라마룡대로 짐작되는 무리와의 거리는 대략 삼십여 리로 추산됩니다. 맞은편 산비탈로 이동하고 있는 무리를 제 눈으로 목격했습니다."

절세불련 선발대를 찾으러 나갔던 수백 명의 수색조가 돌아와서 줄줄이 영능에게 보고했다.

영능은 소림삼불만을 데리고 개인적으로 수라마룡을 찾아서 헤매다가 끝내 실패하고 어제 정오 무렵에 절세불련 본대를 찾아내서 합류했었다.

그리고는 절세불련 본대를 이끌고 선발대가 남긴 표식을 따라서 계속 이동했었는데 어느 깊은 계곡에서 표식이 끊어져 버렸다.

그 계곡 안 곳곳에는 수많은 발자국이 가득 찍혀 있었으며 계곡 막다른 곳 근처에서 몇 개의 핏자국을 발견했으나 대규모로 싸웠던 흔적은 없었다.

하지만 수많은 발자국과 몇 군데의 핏자국만으로는 그곳에 누가 있었으며 어떤 일이 있었는지를 짐작하는 것은 쉬운 일이 아니다.

다만 선발대가 그곳에 있었을 것이라는 사실만 막연하게나마 추측할 수 있을 뿐이다.

그리고 한 가지 영능의 이목을 끄는 것이 있었다. 누군가 암벽에서 거대한 바위를 자르고 뽑아냈는데 자세히 살펴본 결과 도기(刀氣)에 의한 것임을 확인 할 수 있었다.

지금 이 산중에서 그 정도 도기로 암벽에서 바위를 잘라낼 수 있는 인물은 수라마룡 한 사람뿐이다.

복잡한 심정을 안은 채 계곡을 나온 영능은 열 명씩 열 개의 수색조를 편성하여 선발대나 그들의 흔적을 찾으라고 보냈었다.

그것이 어제 늦은 오후의 일이었는데 만 하루가 지난 오늘 오후부터 지금까지 아홉 개의 수색조가 차례로 귀환하면서 선발대를 찾지 못했다고 똑같이 앵무새처럼 보고하고 있는 것이다.

이곳은 완만한 경사의 산비탈이다. 절세불련 본대 사천오백여 명은 곳곳에 크고 작은 무리를 지어 쉬고 있으며, 영능은 산비탈 바깥쪽 어느 나무그루터기에 앉아서 굳은 표정으로 깊은 생각에 잠겼다.

그는 습관처럼 오른손으로 왼쪽 어깨를 쓰다듬기도 하고 가볍게 주무르기도 했다.

수라마룡의 도에 베여서 절반 이상 잘린 어깨를 천으로 칭칭 묶어서 이틀 동안 풀지 않은 상태에서 틈만 나면 운공조식을 하여 진기로써 접합시키려고 전력을 기울였었다.

그 결과 지금은 어느 정도 접합된 것 같다. 얼마나 잘 붙었는지 떼어보지 않았고 또 왼팔을 심하게 움직이지 않아서 잘 모르지만, 천을 풀고 나서도 행동하는 데 별다른 지장은 없었다.

영능은 벌써 이각 동안이나 저 멀리 아스라이 펼쳐진 끝없는 산하를 묵묵히 응시하면서 아무 말도 하지 않고 있으며, 그의 주위 약간 떨어진 곳에는 소림삼불이 호위하듯 지키고 서 있다.

선발대를 찾으러 보냈던 열 개의 수색조 중에 아홉 개 조가 돌아왔으며 이제 마지막 한 개 조만 남았다. 아마 마지막 조도 곧 복귀할 터이다.

그러나 영능은 마지막 조가 돌아온다고 해도 얻을 것이 없을 것이라고 추측했다.

아홉 개 조가 찾지 못한 것을 한 개 조가 찾아낼 확률은 희박하다.

그들이 돌아와서 보고할 내용은 아홉 개 조의 보고와 대동소이할 것이 분명하다.

'무슨 일이 벌어지긴 벌어졌었다. 그런데 대체 그게 무엇이라는 말인가?'

영능의 육감은 보통 사람들하고는 비교할 수 없을 정도로 뛰어난 편이다.

그것은 그저 단순한 육감 같은 것이 아니라 그에게 나쁜 일이 다가오는 것을 미리 예감하는 예지력(豫知力)이라고 할 수 있다.

그런데 지금 그 예지력에 의하면 머지않아서 자신에게 매우 좋지 않은 일이 생길 것 같았다.

그리고 불행하게도 그의 예지력은 지금껏 한 번도 틀린 적이 없었다.

하지만 이 산중에서 그를 위협할 수 있을 만한 적이라고는 수라마룡뿐이다.

수라마룡이 이끄는 수라마룡대 따위는 오합지졸이다. 그 정도로는 영능에게 위협이 될 수 없다.

'수라마룡이 선발대를 전멸시킨 것인가?'

그렇게 생각했다가 영능은 곧 고개를 가로저었다.

만약 수라마룡과 수라마룡대가 절세불런 선발대와 맞닥뜨려서 싸웠다면 선발대가 전멸했을 가능성이 크다. 하지만 그 계곡의 흔적은 그게 아니었다.

핏자국으로 봤을 때 죽은 사람이라고 해봐야 십여 명 안팎이고, 발자국으로 미루어 봤을 때 그곳에 모여 있던 사람의 수는 최소한 천 명 이상이었을 것이다.

사람 수로 미루어봤을 때 그곳에서 수라마룡대와 선발대가 마주쳤던 것이 분명하다.

그런데 어째서 대규모 싸움이 벌어지지 않고 겨우 십여 명 남짓만 죽었다는 말인가.

그리고는 수라마룡대와 선발대가 싸우지 않고 홀연히 증발해 버린 것이다.

'수라마룡대와 선발대가 부딪쳤는데도 싸우지 않았다는 것인가. 그런 일이 있을 수 있는 것인가? 만약 정말 그렇다면 그것은 무얼 의미하는가……'

우선 수라마룡대와 선발대의 전력을 비교해 보았다. 수라마룡대에 수라마룡이 없다면 무조건 선발대가 우세하다.

하지만 수라마룡이 있다면 선발대의 약세다. 영능이 수라마룡하고 한바탕 싸워봤기 때문에 알 수 있다. 그리고 그 계곡에는 필경 수라마룡이 있었다. 암벽에서 거대한 바위를 잘라서 뽑아낸 것이 그 증거다.

그렇게 할 수 있는 사람은 수라마룡뿐이다. 그걸 보면 수라마룡은 영능과의 대결에서 조금도 내상을 입지 않은 것이 분명하다.

'적과 적이 마주쳤는데도 싸움이 벌어지지 않는 경우라면 무엇이 있는가?'

엉능의 제 일감은 한쪽의 세력이 압도적으로 우세했을 때라고 대답했다.

'우리 쪽은 선발대 오백 명뿐이었다. 둘 중에서 세력이 압도적으로 우세한 쪽이라고 가정한다면 수라마룡이 포함된 수라마룡대 쪽이었을 것이다. 그렇다면 대체 어떤 세력이 거기에 가담했다는 말인가?'

그의 두뇌가 부산하게 회전했다. 자신이 방금 어렵사리 유추해낸 중간 결과에 갖다 붙일 수 있는 모든 상황을 도출해냈다.

첫째, 수라마룡이 최초 번성현에서 쫓길 때나 그 이후에 전서구로 구원을 요청하여 각지에서 마도 고수들이 대거 몰려왔을 것이다.

둘째, 동무림을 장악한 등룡신권이 고수들을 이끌고 마도를 도우러 달려와서 합류했다.

셋째, 후발대로 오기로 한 청성파와 점창파 등 사대문파가 배신을 하고 수라마룡과 손을 잡았다.

넷째, 선발대가 배신을 하고 수라마룡 편에 붙었다.

등등… 수십 가지 중에서 대충 네 개로 압축할 수가 있는데

전부 가능성이 희박하다. 그래도 그중 딱 하나의 가능성에 무게를 준다면, 첫째 상황인 마도의 원군이 대거 몰려왔을 것이라는 추측이다.

그렇게 가정을 하고 보니까 계곡에서 벌어졌을 일에 대한 의문이 저절로 풀렸다.

수라마룡이 이끄는 수라마룡대와 그들을 도우러 달려온 마도 고수들이 합세하여 절세불련 선발대 우두머리 십여 명을 본보기로 처치한 다음에 모두를 굴복시켜서 어디론가 끌고 갔을 것이다.

사람이란 자신이 힘들어서 어떤 하나의 사실을 추론하여 결론을 도출해 내면 그 결론에 대해서 맹목적으로 신빙하는 경향이 짙은 법이다.

그런 점에서 영능도 예외는 아니다. 그는 그것에 대해서 자꾸 생각하다 보니까 정말 그랬을 것이라고 굳게 믿기에 이르렀다.

그렇다면 문제는 마도에서 과연 원군이 얼마나 왔을 것인가, 라는 사실이다. 수라마룡은 절세불련 본대가 오천여 명이라는 사실을 간파했을 테니까 최소한 그보다는 많은 수를 불러들였을 터이다.

그러나 마도 고수들이 수라전이 있는 강서성에서 이곳까지 오려면 아무리 빨라도 보름은 걸릴 테고 그들은 아직 도착하지 못했을 것이다.

그렇다면 지금 도착해 있는 마도 고수들은 근처, 즉 이곳 호북성이나 안휘성 방면의 마도 방, 문파에서 급조하여 달려온 고수들일 것이다.

그 말은 마도 고수들이 지금도 계속 꾸역꾸역 몰려들고 있을 것이라는 뜻이다.

말하자면 시간이 지나면 지날수록 수라마룡의 세력이 급속도로 불어날 것이라는 얘기다.

그러므로 현재 상황에서 영능이 취할 수 있는 선택은 두 가지가 있다. 하나는 이곳에 남아서 수라마룡을 찾아내 죽이는 것이고, 또 하나는 지금은 일단 작전상 철수를 했다가 후일을 도모하는 것이다.

그렇지만 후일을 도모하는 것, 즉 나중에 수라마룡을 죽이는 것은 거의 불가능하다고 할 수 있다.

지금 같은 절호의 기회가 언제 또다시 찾아와 주겠는가. 어쩌면 다음에 수라마룡을 만나게 된다면 지금하고는 상황이 역전될지도 모르는 일이다.

수라마룡이 마도를 완전히 일통하고 나면 무림을 일통하고 더 나아가서는 천하일통의 원대한 야망을 계획하고 있다는 사실을 영능은 이미 알고 있다.

그래서 수라마룡이 마도 무리를 이끌고 번성현의 추혼마

교를 정벌하러 왔다는 보고를 접한 즉시 고수들을 모아 토벌에 나섰던 것이다. 절세불련에 방해가 되는 수라마룡을 제거하기 위해서였다.

그런데 만약 영능이 수라마룡의 원대한 야망에 대해서 모르고 있었다면 이처럼 무리한 원정과 강행군을 실행하지는 않았을 터이다.

영능은 당금 무림의 주인은 절세불련의 련주인 자신뿐이라고 확신하고 있다. 그리고 그는 언젠가 천하의 주인이 될 야망을 품고 있다.

대명제국 같은 것은 마음만 먹으면 지금 당장이라도 괴멸시켜 버릴 수가 있다.

하지만 무림에서의 자잘한 일들을 깨끗이 정리한 후로 잠시 미뤄두고 있는 상황이다.

그런데 수라마룡이 무림과 천하를 넘보다니 절대로 좌시할 수가 없는 일이다.

더구나 영능에게는 수라마룡을 죽여야만 하는 이유가 하나 더 있다.

이곳에서의 절세불룡과 수라마룡의 일대일 대결을 벌였던 일이나 지금처럼 대치하고 있는 상황에 대해서 천하에 파다하게 소문이 퍼졌을 것이고, 천하의 이목이 온통 이곳에 집중되어 있을 터이다.

그런데 지금 이 시점에서 영능이 물러난다면, 천하의 사람들은 변명의 여지없이 영능의 패배라고 입을 모을 것이고, 두말할 것도 없이 영능의 명예와 위신은 땅바닥으로 추락하고 말 터이다.

때로는 명예와 명성이 부귀영화나 그 어떤 것들보다 감미롭다는 사실을 뒤늦게 알게 된 영능으로서는 견딜 수 없는 일이다.

우득…….

오랜 생각을 마쳐 갈 즈음 영능은 두 주먹을 움켜쥐며 뼈마디 부딪치는 소리를 내며 강인한 표정을 지었다.

'무슨 일이 있어도 그리고 어떤 대가를 치르더라도 이곳에서 결판을 내고 말 테다.'

오래지 않아서 청성파와 점창파 등 사대문파가 이끄는 그 지역 절세불련 휘하의 방, 문파의 고수 오천여 명이 합류하게 될 것이다.

그렇게 되면 수라마룡이 제아무리 많은 마도 고수를 끌어들인다고 해도 상관이 없다.

더구나 이곳은 절세불련의 안방이나 마찬가지인 호북성이 아닌가. 안방까지 침입한 도둑을 놓친다면 지나가던 개가 웃을 일이다.

*   *   *

　도무탄이 이끄는 오천삼백여 명에 이르는 무리를 불련척
멸대(佛聯拓滅隊)라고 부르기로 했다.

　불련척멸대는 회하의 또 다른 최상류가 발원하는 곳인 무
승관에서 동남쪽 대별산(大別山) 방향으로 계속 이동하고 있
는 중이다.

　동남쪽은 원래 수라마룡이 도주하던 방향인데 상황이 크
게 바뀐 지금도 그쪽 방향으로 가고 있다.

　마치 수라마룡대가 마도의 총본산인 수라전이 있는 강서
성을 향해서 계속 도주하고 있는 것처럼 절세불련에게 보이
려는 것이다.

　이유는 하나, 영능을 비롯한 절세불련을 유인하여 전멸시
키려는 계획이다.

　불련척멸대는 줄곧 원래의 속도를 유지하면서 이동했다.
만약 느리게 간다면 절세불련을 유인하는 것처럼 보일 수도
있기 때문이다.

　또한 겉으로 눈에 드러나는 것은 수라마룡대 오백 명뿐이
다. 불련척멸대의 대다수 전방에서 가고 있다.

　앞선 불련척멸대는 오백 명 정도가 산길을 가는 것 같은 흔
적을 남기고 이동하는 중이다. 즉, 사천 명에 가까운 대규모

인원이 한꺼번에 몰려가는 것이 아니라 몇 줄로 길게 늘어서서 가고 있는 것이다.

최초의 오백 명이 이동하면서 흔적을 남기면, 뒤따르는 고수들은 그 흔적들만을 밟으면서 뒤따른다.

처음에는 어려웠으나 오랜 시간 계속 하다 보니까 모두 익숙해져서 누가 보더라도 오백 명 정도가 산길을 가고 있는 것처럼 보였다.

후미의 수라마룡대 역시 앞서 가고 있는 불련척멸대가 남긴 흔적을 따라서 같은 속도로 이동하고 있으며 두 무리의 거리는 오 리다.

수라마룡대와 불련척멸대의 간격이 너무 가까워도, 그렇다고 멀어도 안 된다. 가까우면 추격하는 절세불련이 의심할 수 있으며, 너무 멀면 수라마룡대가 공격을 당했을 때 불련척멸대가 달려오는 동안 수라마룡대의 피해가 커질 것이기 때문이다.

사실 수라마룡대는 오백 명이 아니라 사백칠십 명이다. 삼십 명은 열 명씩 세 개 조로 나누어서 절세불련의 움직임을 좌우와 후미에서 감시하고 있다.

지금까지의 수라마룡대는 번성현에서부터 줄곧 정신없이 도망치기에 바빠서 자신들이 마도라는 사실을 한동안 망각하고 있었다.

마도가 마도라고 불리는 이유는 한두 가지가 아니다. 그중에서도 미행, 감시, 은둔, 추적술은 기본이다.

정통 무술이나 무공들이 정파에 뿌리를 두고 있다면, 그 밖에 거의 대부분의 기술과 재주들은 마도에서 파생되어 나왔다고 해도 지나친 말이 아니다.

그것들을 사파와 녹림, 살수들이 차용, 변형해서 사용하고 있는 것이다.

도망치기를 그만두고 마도 본연으로 돌아간 수라마룡대는 절세불련을 유인하는 동시에 귀신처럼 그들을 감시, 미행하고 있다.

도무탄은 앞선 불련척멸대와 수라마룡대와의 거리가 오리 이상 벌어졌다는 보고를 받고는 무리를 그 자리에 멈추게 하고 잠시 쉬도록 했다.

선두의 도무탄은 벼락을 맞아서 쓰러져 길게 누워 있는 한 그루 느릅나무에 걸터앉았다.

그와 함께 줄곧 동행을 한 금정신니는 도무탄 맞은편에 다소곳이 서면서 무리의 뒤쪽을 쳐다보았다.

그녀는 손바닥을 펴서 눈 위에 얹고 뒤쪽을 보면서 별 이상이 없는지 이리저리 살폈다.

"이리 앉으십시오."

도무탄이 자신의 옆을 가리키자 금정신니는 망설이지 않고 그의 옆에 두 뼘쯤 거리를 두고 앉았다.

"힘드시죠?"

도무탄이 보기만 해도 가슴이 시원해지는 싱그러운 미소를 지으며 묻자 금정신니는 잠시 물끄러미 그를 바라보다가 궁금한 듯 물었다.

"도 시주는 누구에게나 이렇게 잘 대해주오?"

"어떤 게 잘 대해주는 것입니까?"

"빈니에게 하는 것처럼 말이오."

"아……."

도무탄은 고개를 끄떡였다.

"그런 것이 잘 대해주는 것이라면 그렇습니다. 특별히 저하고 원한이 없는 한 누구에게나 친절합니다. 하하! 아마도 천성인가 봅니다."

"그렇구려. 천하에 도 시주 같은 분만 있다면 극락처럼 행복하고 평화로울 텐데……."

금정신니는 그렇게 말하면서도 도무탄이 누구에게나 베푸는 친절을 자신에게도 똑같이 베풀고 있다는 사실에 조금 실망한 듯한 표정을 지었다. 이상하게도 그녀는 도무탄에게 조금 특별한 사람이고 싶었다.

도무탄은 빙그레 미소 지었다.

"하하! 사람에게 잘 대해주더라도 누구에게나 똑같을 수는 없겠지요."

"무슨 말씀이오?"

"굳이 분류를 한다면 아마 상대를 상중하로 가려서 대하는 것 같습니다."

"상중하?"

"조금 친절한 것과 적당하게 대해주는 것, 그리고 아주 잘 대해주는 것. 그게 상중하죠."

"호오……."

금정신니는 고개를 끄떡이면서 내심으로는 자신이 상중하의 어디에 속하는지 궁금했다.

"신니께선 상이십니다."

그런데 도무탄은 그녀의 속을 훤하게 들여다보는 것처럼 콕 집어서 말해주었다.

"도 시주의 과한 친절 감당하기 어렵구려."

그렇게 말하면서 금정신니는 흐뭇함으로 몸이 둥둥 떠서 날아다닐 것만 같았다.

"무탄."

주천강이 저만치 지상에서 한 자쯤 떠서 빠르게 미끄러져 다가오며 도무탄을 불렀다.

그와 소연풍은 지형을 살피려고 앞서 갔었는데 지금 돌아오고 있는 것이다.

"여기가 최적지야."

"최적지라고?"

주천강은 불련척멸대가 여태 지나온 산속을 가리키고 나서 주위를 둘러보며 말을 이었다.

"영능과 절세불련을 이곳으로 끌어들여서 끝장을 내버리는 게 좋겠네."

"그런가?"

주천강은 방금 소연풍과 함께 왔던 방향을 가리켰다.

"저쪽은 가파른 능선인데 그 아래쪽에 수천 명이 매복할 수 있네."

"자넨 이미 모종의 계획이 선 것 같군."

"글쎄… 계획이라기보다는……."

도무탄이 묻자 주천강은 쑥스럽게 미소 지었다. 그러자 옆에 서 있는 소연풍이 말했다.

"나한테 말했던 걸 무탄에게 얘기해 봐."

"흠, 그럴까."

주천강은 표정이 엄숙해지면서 눈이 반짝거렸다. 그것은 그가 진지해지고 있다는 증거다.

도무탄은 손을 들었다.

"잠깐 기다리게."

그는 무리의 선두 쪽에 있는 아미파 장로들에게 말했다.

"신니들께서는 각 방파와 문파의 수장들을 이곳으로 모이라고 전해주십시오."

우두머리들이 모두 함께 듣도록 하려는 것이다.

아미파 장로들이 힘차게 대답하고는 무리의 뒤쪽으로 쏜살같이 달려갔다.

第百四章

용쟁용투(龍爭龍鬪)

수라마룡 적유랑이 이끌고 있는 수라마룡대는 속도를 절반으로 줄여서 이동하고 있다.

병법(兵法)에 능통한 주천강이 세운 전략은 도무탄으로서도 혀를 내두를 정도로 훌륭한 것이었다.

도무탄은 어렸을 때부터 장사에 뛰어들어 산전수전 두루 겪으며 머리가 트였다고 자부했었다.

그러나 자질구레하게 장사를 하는 머리와 군사를 지휘하고 수많은 인명의 사활을 좌우하는 두뇌의 쓰임새는 확실하게 달랐다.

그런 점에서 주천강은 가히 대명제국의 태자로서 추호도
손색이 없었다.

적유랑은 도무탄으로부터 직접 주천강의 작전에 대해서
상세하게 전해 듣고는 그 역시 감탄을 금하지 못하며 쌍수를
들어 그 계획에 찬성했다.

그 계획대로 하면, 일단은 수라마룡대가 미끼가 돼야 한다.
수라마룡대에서 선발된 삼십 명의 감시, 미행조의 보고에 의
하면 절세불련은 현재 부지런히 수라마룡대를 추격하고 있다
는 것이다.

그러니 절세불련으로 하여금 수라마룡대를 공격하게 만드
는 것이 첫 번째 목적이다.

"주군."

절세불련을 감시하던 세 개의 조에 속한 수라귀수 한 명이
적유랑에게 쏘아왔다.

"절세불련이 이 리까지 접근했습니다."

"영능은?"

"여전히 무리의 선두에서 오고 있습니다."

적유랑은 고개를 끄떡였다.

"모두 복귀해라."

적유랑은 바야흐로 결전이 목전에 이르렀다는 판단에 절
세불련을 감시, 미행하던 세 개 조 삼십 명에게 복귀 명령을

내렸다.

절세불련과 수라마룡대가 정면으로 부딪쳐서 대대적인 전면전을 벌이기 전에 영능 혼자서는 절대로 먼저 달려오지 않을 터이다.

영능은 자신과 일대일 대결을 벌였던 적유랑이 멀쩡한 것을 알고 있을 테니까 이번에는 감히 단독으로 행동하지 못할 것이다.

"계속 이동한다."

적유랑은 잠시 멈췄던 걸음을 다시 옮겼다.

일나 전까지만 해도 그는 영능과 절세불련의 추격을 받으면서 애가 타들어갈 정도로 노심초사했었다.

자신의 안위도 안위지만 그보다는 오백여 수하가 산중고혼이 될 처지에 놓였었기 때문에 그럴 수밖에 없었다.

하지만 지금은 아니다. 수라마룡대가 미끼 노릇을 하고 있지만 절대로 미끼가 아니다.

수라마룡대는 단순한 미끼가 아니라 미끼 속에 감춰져 있는 날카로운 바늘이다.

영능이 미끼를 덥석 무는 날에는 그 속에 감춰진 바늘을 순식간에 목구멍 속으로 밀어 넣어서 놈의 내장을 모조리 끄집어내 줄 생각이다.

적유랑의 눈에는 보이지 않지만 이 근처에는 도무탄이 암중에서 함께 이동하고 있다.

그리고 절세불련 선두에서 달려오고 있는 영능 주위에는 소연풍과 주천강이 유령처럼 따라붙고 있는 중이다.

지금 상황에서 무엇보다 가장 중요한 것은 영능을 제압하거나 죽이는 일이다.

절세불련도 중요하지만 그보다는 영능을 제압하는 일이 훨씬 더 중요하다.

일단 그를 거꾸러뜨리고 나면 절세불련은 힘을 쓰지 못하고 무너질 것이다.

그래서 적유랑 주변에는 도무탄이, 그리고 영능 주변에는 소연풍과 주천강이 암중에 머물면서 절호의 기회를 노리고 있는 것이다.

[유랑, 오백 장 전방이다.]

그때 천천히 달리고 있는 적유랑의 귓전에 도무탄의 전음이 들렸다. 미리 들어두었던 작전 계획에 의하면, 오백 장 전방에서부터 십여 리 이내 울창한 숲 속이 곧 벌어질 격전장이 될 것이다.

적유랑은 아직 그 숲 속에 가보지는 않았으나 도무탄에게 자세한 설명을 들었기 때문에 어떤 장소일지 머릿속에 선명하게 그려져 있다.

마침내 수라마룡대의 선두인 적유랑은 잠시 후에 격전지가 될 숲 속으로 들어섰다.

그러나 그는 멈추지 않고 더욱 깊숙하게 오 리쯤 더 들어갔다가 손을 들어 정지 신호를 보냈다.

"휴식을 취한다."

그의 중얼거림을 들은 수라사존과 수라전 총당주 어백월의 얼굴이 긴장으로 물들었다.

적유랑은 휴식을 취한다고 명령했으나 그 말을 곧이곧대로 알아듣는 수하는 한 명도 없다.

명령을 내린 적유랑은 천천히 수라마룡대의 뒤쪽으로 걸어가기 시작했다.

그가 지나치는 곳의 수라귀수들과 마도 고수들이 부동자세를 취하면서 공손히 허리를 굽혔다.

그러자 그는 손을 저어서 예를 취하지 말라는 시늉을 해 보이고는 수하들의 어깨를 부드럽게 두드리는가 하면, 시선이 마주치는 수하에겐 가볍게 고개를 끄떡이며 미소를 지어 보였다.

수하들은 크게 놀랐다. 이런 자상한 모습은 절대로 수라마룡이 아니기 때문이다.

그들이 익히 알고 있는 수라마룡은 적이나 수하들을 막론하고 차가움 일변도였었다.

적유랑이 어깨를 두드려 주거나 눈이 마주쳐 미소를 보게 된 수하들은 감격으로 몸을 부르르 떨기까지 했다.

번성현에서 이곳까지 오는 동안 적유랑은 많이 변했다. 영능하고의 일대일 대결 때 저승 문턱 안으로 한 발을 들여놨었던 그는 천하가 파멸해도 자신만은 절대로 죽지 않을 것이라는 오만함이 철저하게 깨져 버렸다.

또한 도무탄과 소연풍, 주천강을 만나고 나서는 자신이 천하에서 제일 고강하다는 자신감이 사라졌다.

영능을 비롯한 삼롱하고 싸우게 되면 승패를 장담할 수 없을 것이라는 사실이 그를 겸손하게 만들었다.

그리고 무엇보다도 결정적인 것은 도무탄과의 만남, 그리고 그의 흉내조차 내기 어려운 밝은 성격 때문이었다.

도무탄이 정파든지 마도든지 상대를 가리지 않고 친절하고 자상하게 대하면, 상대들은 진심으로 마음을 열고 그를 대해주었다.

수라마룡대 수하들이라고 해도 도무탄의 친화력 앞에는 속절없이 무너져 버렸다.

적유랑의 최측근인 수라사존과 총당주 여백월은 도무탄을 쳐다보는 눈빛부터 달랐다.

그렇지만 적유랑은 수하들로부터 그런 눈빛을 받아본 적이 단연코 한 번도 없었다.

그래서 그는 절실하게 깨달았다. 자신은 지금껏 수하들을 억압으로 다루었으며 그들 위에 황제처럼 군림해 왔었다는 사실을 말이다.

적유랑은 수라마룡대의 마지막 후미에 이르러 수하의 어깨를 두드려 주고는 자신들이 방금 지나온 방향으로 시선을 주었다.

이제 잠시 후에 저곳으로 영능과 절세불련 고수들이 쏟아져 나올 것이다.

그리고 그로 말미암아 수많은 사람의 운명이 뒤바뀔 것이다. 영능과 절세불련 고수들에겐 파멸 혹은 갱생의 희망이, 불련척멸대에겐 무한한 자긍심과 평화가.

"련주, 전방 삼 리 숲 속에서 수라마룡대가 휴식을 취하고 있습니다."

척후로 나갔던 무당파의 중년 도사가 돌아와서 영능에게 보고했다.

영능은 자신을 호칭할 때 소림 제자들에겐 장문인이라 부르게 하고 그 외 다른 사람들에겐 련주라고 부를 것을 명령했었다.

그는 소림사에서는 불법을 수호하는 장문인으로, 대외적으로는 절대자로 군림하기를 원했다.

"수라마룡은 어디에 있느냐?"

"무리의 후미에서 휴식하고 있습니다."

"음."

영능은 느릿하게 고개를 끄떡였다. 그가 수라마룡이라고 해도 미행이나 급습이 염려되어 무리의 후미에서 경계를 할 것이다. 그로 미루어 수라마룡은 영능과 절세불련의 추격에 극도로 민감한 상태인 것이 분명했다.

조금 기다리고 있으면 다른 척후들이 속속 돌아올 것이다. 그들은 수라마룡대의 주변을 염탐하러 갔다.

유달리 의심이 많은 영능은 어쩌면 수라마룡대는 미끼일 뿐이고 주변에 다른 거대한 세력이 있을지도 모른다는 생각을 했었다.

계곡을 직접 목격한 이후 그는 번뇌라고 해야 할 정도로 복잡한 고민에 빠져서 여러 가지 추측이 가능한 상황들을 떠올려 수없이 곱씹으며 검토를 했었다.

그 결과 수라마룡이 건재하고 마도 고수들이 대거 구원하러 왔을 것이라는 추측을 거의 단정적으로 확신했었다.

그런데 영능이 줄곧 미행을 하면서 세밀히 지켜본 결과 수라마룡대는 원래대로 오백 명에 불과했다.

한 가지 속이 편하지 않은 변화가 있다면 영능과의 일대일 대결에서 수라마룡이 중상을 입지 않고 수라마룡대로 복귀를 했다는 것뿐이다.

그래도 세상일이란 것은 모른다. 조심해서 나쁠 것 없다.

그래서 그는 또 다른 세력이 없는지 만약에 만약을 가정하여 최대한 주의를 기울이고 있다.

슥—

"어딜 가십니까?"

그가 움직이자 소림삼불의 우두머리 대불이 공손히 물었다.

"한 바퀴 돌아보고 오겠다."

대불은 곧 척후가 돌아와서 보고를 할 텐데 무얼 일부러 몸소 돌아보러 가시느냐고 말하려다가 삼켰다. 영능이 의심이 많다는 사실을 잘 알기 때문이다.

그는 자신의 눈으로 직접 확인하기 전에는 수라마룡대를 급습하지 않을 것이다.

영능이 휴식을 취하고 있는 수라마룡대 주위를 샅샅이 살펴본 결과 그 어떤 세력도 발견하지 못했다.

그로써 수라마룡대가 영능과 절세불련을 유인하는 미끼일지도 모른다는 그의 염려는 기우로 판명됐다.

하지만 그는 곧바로 절세불련으로 돌아가지 않고 수라마룡대 고수들의 숨소리까지 생생하게 들을 수 있을 정도로 최대한 가깝게 접근하여 충분한 시간을 두고 세심하게 하나하나 살펴보았다.

급습을 하려면 적이 휴식을 취하고 있을 때가 가장 좋다.

그때가 바로 지금이다.

하지만 영능은 그보다 더 위험한 것이 눈에 보이는 것만 믿는 우매함이라고 생각했다.

급습의 최적기를 놓쳐도 좋으니까 위험을 최소화하는 것이 우선이다.

수라마룡대 고수들은 매우 지쳐서 앉아 있는 자보다는 눕거나 나무에 기대 있는 자가 더 많았다.

그리고 거의 대다수가 눈을 감고 있었다. 즉, 자고 있는데 코까지 골고 있다.

수라마룡대 고수를 한 명씩 얼굴까지 자세히 살펴봤지만 그들은 지쳐 있는 게 분명했다.

하지만 그것이 적유랑의 명령으로 수라마룡대 고수들이 일부러 연기를 하고 있다는 사실을 영능으로선 꿈에도 알 리가 없다.

영능은 내심 쾌재를 불렀으나 그것으로 만족하지 않고 마지막으로 수라마룡을 살펴보기로 했다.

수라마룡은 초절고수이기 때문에 가까이 접근할 수 없기에 시야가 허락하는 한 최대한 멀리에서 밀밀(密密)한 나무 사이로 그를 주시했다.

그런데 뜻밖에도 수라마룡은 운공조식을 하고 있는 중이라서 영능은 용기를 내어 조금 더 가깝게 접근해 보았다.

수라마룡에게 십여 장까지 접근한 영능은 한순간 자신도 모르게 입가에 엷은 미소를 머금었다.

운공조식을 하고 있는 수라마룡이 얼굴 가득 굵은 땀을 흘리고 있으며 몹시 괴로운 표정을 짓고 있는 것을 발견했기 때문이다.

'놈은 내상을 입었다.'

영능 자신이 왼쪽 어깨가 통째로 잘려 나갈 정도로 큰 부상을 입었는데 그에 비해서 수라마룡이 멀쩡하다는 것은 말이 되지 않는 일이다. 그런데 이제 보니까 수라마룡 역시 내상을 입었던 것이다.

'후후… 그러면 그렇지. 제깟 놈이…….'

원래 의심이 많은 영능이지만 지금 이 순간만큼은 수라마룡이 내상을 엄중한 내상을 입었다는 사실을 추호도 의심하지 않았다.

수라마룡이 멀쩡하다면 상대적으로 영능이 형편없는 인간이 돼버린다.

인간은 누구나 본능적으로 자신의 허약함을 절대로 인정하려고 들지 않으며, 또한 자신에게 만큼은 한없이 자비로운 법이다.

영능은 자신이 왼쪽 어깨가 절단되기 직전일 정도로 중상을 입었는데 수라마룡이 아무렇지도 않다는 사실 때문에 자존심이 크게 상했었다.

그러다가 수라마룡이 운공조식을 하면서 고통스러워하는 모습을 보고는 그가 내상을 입었음을 확신하는 것이다. 상황이 계속 영능에게 유리한 쪽으로만 전개되고 있다.

그 순간 영능은 지금 쏘아가서 수라마룡을 일장에 쳐 죽일 것인가 말 것인가를 놓고 갈등했다.

그가 보기에 지금 급습을 가하면 수라마룡을 죽일 확률이 구 할이다.

그렇지만 그는 급습할 마음을 접고 그대로 몸을 돌렸다. 수라마룡을 죽이지 못할 일 할의 가능성이 그를 자제하도록 만든 것이다.

[놈이 갔네.]

도무탄의 전음을 듣고 적유랑은 운공조식을 하는 시늉을 그만두었다.

사실은 조금 전에 근처에 은둔해 있는 도무탄이 영능의 출현을 적유랑에게 전음으로 알려주었었다.

그때부터 적유랑은 운공조식을 하면서 일부러 괴로운 모습을 보인 것이다.

도무탄은 무정혈살대의 은풍연 수법으로 영능의 삼 장 근처까지 접근을 했었다.

그는 그 상황에서 영능을 급습하여 제압하거나 죽일까 말까를 잠시 동안 고민했었다.

그때 영능은 수라마룡을 급습하여 죽일 것인가 말 것인가를 고민하고 있었다.

짧은 순간에 결단을 내려야 하지만 결국 도무탄은 급습을 포기하고 말았었다.

영능을 죽일 가능성도 있지만 죽이지 못할 가능성도 있기 때문이다.

만약 그럴 경우에는 급습에 실패한 대가를 톡톡히 치러야만 할 것이다.

영능과 절세불련을 한꺼번에 전멸시키려는 계획 자체가 무산될 것이기 때문이다.

좌아아—

영능을 필두로 절세불련 사천오백여 고수가 일제히 쏘아나가는 기세는 가히 해일 같았다.

영능은 절세불련 사천오백여 고수를 세 무리로 나누었다. 가운데 본대는 자신이 직접 이끌고 수라마룡대의 정면으로 짓쳐들었다.

그리고 나머지 두 무리를 좌우로 완만하게 곡선을 그리면서 돌진하게 하여 수라마룡대를 완전히 포위해서 섬멸하려는 작전이다.

이제는 그 무엇도 영능을 가로막지 못할 것이며 실패할 확률은 전무하다.

그 자신이 직접 수라마룡대와 수라마룡 지척까지 접근하여 염탐했기 때문에 무조건 승리를 확신했다.

이런 상황에서 승리하지 못한다면 그야말로 병신 소리를 들어도 싸다.

영능은 절세불련 고수들이 자신을 쫓아오는 것을 기다리지 못할 정도로 마음이 급해졌다.

그만큼 승리에 극심한 갈증을 느끼고 있으며 다친 자존심을 회복하고 싶은 것이다.

쉬이이—

그가 얼마나 빠르게 쏘아 나가는지 소림삼불조차도 따라오지 못하고 뒤로 쭉 처졌다.

그래도 상관하지 않았다. 넋 놓고 운공조식을 하고 있을 수라마룡을 덮칠 때 맛볼 극도의 쾌감을 소림삼불을 기다리면서 반감시키는 것은 용납할 수가 없다.

쏘아가고 얼마 지나지 않아서 그의 시야에 조금 전에 봤던 낯익은 풍경, 즉 수라마룡과 수라마룡대가 휴식을 취하고 있는 숲 속의 경물이 나타났다.

'없다!'

그런데 그곳에서 운공조식을 하거나 휴식을 취하고 있어야 할 수라마룡과 수라마룡대가 보이지 않았다.

영능이 수라마룡을 살피고 나서 절세불련으로 돌아갔다가 다시 이곳으로 온 시각은 아무리 늦어도 반각 남짓에 불과하다.

그러나 영능은 수라마룡이 뭔가를 눈치채고 도주했을 가능성은 없다고 판단했다.

아마도 휴식을 서둘러 끝내고 다시 정처 없는 도주행을 개시했을 것이다.

영능이 면밀하게 살펴본 결과 수라마룡이 눈치를 채거나 손아귀에서 빠져나갈 가능성은 전무했다.

슈우우—

영능은 신형을 멈추지 않고 울창한 숲 속을 일직선으로 한 줄기 바람처럼 쏘아갔다.

영능과 절세불련이 공격을 개시했을 무렵부터였을 것이다. 눈이 내리고 있었다.

'저기다!'

영능은 느릿느릿 이동하고 있는 수라마룡대를 발견하고 속으로 기쁨의 외침을 터뜨렸다.

수라마룡대를 발견하는 것이 당연한데도 이리도 기쁘다는 것을 그는 이상하게 생각하지 않았다.

수라마룡을 죽이고 수라마룡대를 몰살시킨다는 생각으로

이미 그의 온몸은 희열로 떨리고 있다. 그걸 보면 어떤 목적을 이루었을 때에는 허탈감이 밀려들고, 차라리 그 목적으로 향해 전력으로 노력할 때야말로 희열을 느낀다는 말이 맞는 것 같았다.

수라마룡대는 아까 영능이 봤던 장소에서 겨우 일 리 정도 이동했을 뿐이다.

더구나 한눈에도 다들 몹시 지쳐서 그냥 달리는 것인지 경공술을 전개하는 것인지 분간할 수 없을 정도다.

무리의 맨 끝에서 달리고 있는 수라마룡의 모습이 시야에 들어오자 영능은 득의한 웃음이 목구멍을 간질이는 것을 겨우 참았다.

수라마룡대는 조금 전 휴식을 취하던 곳을 기점으로 봤을 때 직진하지 않고 우측으로 크게 방향을 꺾어 이동하고 있었다.

평소의 영능이었다면 수라마룡대가 갑자기 방향을 꺾은 사실을 의심했을 터이다.

그리고는 그쪽 방향에 무엇이 있는지 자세히 알아봤을 터이지만 지금은 그러지 않아도 된다고 생각했다. 왜냐면 잠시 후에 수라마룡과 수라마룡대가 깡그리 몰살할 것이기 때문이다.

다행이 수라마룡은 무리의 맨 끝에서 가고 있다. 그런데 영능이 보고 있는 중에 그가 조금씩 뒤로 처지고 있다. 손으로 가슴을 움켜잡고 있는 것으로 미루어 내상 때문에 고통스러위하는 것 같았다. 그 모습을 보면서 영능은 미소를 감출 수가 없다.

영능이 쏘아가려고 할 때 갑자기 수라마룡이 방향을 왼쪽으로 꺾어서 달려갔다.

영능과 수라마룡하고의 거리는 불과 십오륙 장이다. 그러므로 수라마룡이 어느 방향으로 가든 상관이 없다. 어쩌면 그는 소변이라도 보려고 잠시 동안 무리를 이탈하는 것일 수도 있다.

그렇다면 소변을 보고 있는 수라마룡을 급습하는 것도 재미가 있을 터이다.

슈우―

영능은 나무 사이를 요리조리 피하면서 수라마룡의 등 뒤로 유령처럼 쏘아갔다.

그러나 그는 세 방향에서 자신보다 더욱 귀신같은 움직임으로 따르고 있는 세 개의 인영을 전혀 발견하지 못했다.

평소의 조심성이었다면 세 개의 인영이 내는 기척을 감지했을지도 모른다.

하지만 지금은 흥분이 극에 달하여 수라마룡을 죽이는 것 외에는 아무 것도 생각하지 않았다.

수라마룡의 움직임은 점점 느려지더니 어느 순간부터는 터벅터벅 걷기 시작했다.

허공에서 그의 뒤쪽 삼 장까지 접근한 영능은 이제 그를 죽이는 것은 시간문제이며, 자신이 오른손을 뻗기만 하면 즉사할 것이라고 믿어 의심하지 않았다.

"……!"

그런데 그 순간 영능은 괴이한 압박감과 뼛속까지 파고드는 서늘함을 느꼈다.

그것은 어떤 기운을 감지해서 느껴지는 것이 아니라 순전히 본능에 기인한 것이다.

말하자면 도살장으로 끌려가는 소가 본능적으로 자신의 죽음을 예견하고 두려움에 눈물을 흘린다는 것과 비슷한 느낌이다.

영능은 도저히 항거할 수 없는 죽음의 그림자가 자신을 뒤덮고 있다는 사실을 생생하게 실감했다. 이것은 꿈이 아니라 현실이다.

곧 수라마룡의 머리통이 산산조각 나서 허공에 흩어질 것이라고 미리 통쾌하게 여겼던 그의 뇌리에서 한순간 쾌감이 씻은 듯이 사라지고 그 대신 난생처음 맛보는 공포가 그 자리를 가득 메웠다.

그는 수라마룡을 향해 뻗으려던 오른손을 움츠리면서 다급히 주위를 둘러보다가 거짓말이 아니라 심장이 목구멍 밖으로 튀어나올 정도로 혼비백산했다.

세 방향에서 추호의 기척도 없이 세 개의 인영이 그를 향해 덮쳐 오고 있는 것을 발견한 것이다.

그렇지만 세 방향에서 쏘아오고 있는 것이 사람인지 귀신인지조차도 구별하지 못했다.

그러니 그것들을 자세히 봤을 리 만무하고, 과연 그것들이 공격을 하는 것인지 그냥 덮쳐 오는 것인지 분간조차 하지 못했다.

웬만했으면 아무리 찰나지간이라고 해도 상대들의 면면은 물론이거니와 무기며 공격하는 형태와 각도까지 간파했을 영능이다.

그런데 그것들의 쏘아오는 속도와 기세가 무시무시하게 빠르고 굉장했다.

그래서 그것들이 무엇인지 확인하려는 순간 묵사발이 돼 버릴 것 같았다.

다만 한 가지만은 분명하게 느낄 수, 아니, 장담할 수 있는 것이 있다.

지금 당장 가장 빠른 속도로 피하지 못하면 죽을 것이라는 사실이다.

'어디로 피하나?'

생각보다 빠르게 그의 몸이 행동했다. 도저히 피할 수 없다는 판단하에 소림사의 금종조라고 알려진 불탄강을 전개하여 몸을 보호하는 것과 동시에 천근추의 수법으로 지상을 향해 쏜살같이 내려꽂혔다.

이것이 지금 이 순간 그가 취할 수 있는 최선이다. 하루의 시간을 충분히 주고 지금 이 상황에서 취할 수 있는 방법을 찾아내라고 해도 결국 이 방법으로 귀결될 수밖에 없을 것이다.

'불탄강이라면……'

귀신 아니라 귀신 할애비의 공격에서도 끄떡없을 것이라는 자신감으로 똘똘 뭉쳐진 자위의 순간은 다음 순간에 덧없이 깨졌다.

쩌껑!

"으악!"

영능은 온몸을 거대한 쇠망치로 짓이기는 듯한 충격과 온몸이 갈가리 찢어지는 듯한 고통을 한꺼번에 맛보면서 그 자신도 놀랄 만큼 처절한 비명을 터뜨렸다. 이런 비명을 질러보는 것은 태어나서 처음이다.

콰드득—

다음 순간 그의 몸이 반탄력에 의해서 쏘아낸 화살보다 열배 이상 빠른 속도로 퉁겨지며 아름드리나무들을 마구 부러뜨렸다.

그러면서 그의 뇌리를 스치는 한 가지 사실이 있다. 불탄강이 파훼됐으며 몸에 엄중한 중상을 입었다는 사실이다. 지금의 극심한 충격과 고통이 그것을 대변하고 있다.

그렇지만 어디를 어떻게 얼마나 다쳤는지는 짐작조차 할

수가 없다.

또한 불탄강을 파훼할 정도라면 상대들은 엄청난 수준의 고수가 분명하다. 최소한 그들 각자가 영능과 맞먹는 수준일 것이나.

그리고 당금 무림에서 그 정도 고수는 천하육룡밖에 없다. 귀신이 아니라면 천하육룡의 세 명일 것이다.

그런데 수라마룡은 영능의 목전에서 걸어가고 있었으니 절대로 그는 아니다.

'말도 안 돼…….'

그 순간 어떤 엄청난 사실을 짐작한 영능의 머릿속이 새하얗게 탈색되었다.

콰다다닥!

그와 동시에 그의 몸이 땅에 패대기쳐지면서 통겨지며 엄청난 속도로 굴렀다.

'여기서 잡히면 끝장이다. 무슨 수를 써서라도 무조건 살아야 한다.'

방금의 공격에 당해서 어디가 어떻게 다쳤는지 아니면 팔다리가 잘렸는지 확인할 겨를 따위가 있을 리 없다. 그는 땅을 맹렬하게 굴러가는 속도를 빌어서 한쪽 방향으로 사력을 다해 몸을 날렸다.

휘익!

그나마 다행인 것은 공력이 끌어 올려져서 그가 원하는 방향으로 빠르게 쏘아가고 있다는 사실이다.

'됐다.'

이제 전력으로 이곳에서 벗어나기만 하면 살 수 있다, 라고 생각했으나 그 순간 그의 전면에서 쏘아오고 있는 한 사람을 발견하는 순간 그 생각은 포말이 돼버렸다.

키우웃—

조금 전에 영능의 눈앞에서 힘없이 터벅터벅 걸어가고 있던 수라마룡이 핏빛 도를 치켜들고 무서운 속도로 똑바로 짓쳐오고 있는 것이 아닌가.

영능의 얼굴이 흑색으로 변했다. 수라마룡이 엄중한 내상을 입었다면 저렇게 생생한 모습일 리가 없다. 그리고 그 순간 영능은 뼈아픈 사실을 깨달았다.

'속았다… 함정이었구나…….'

그러나 이대로 죽을 수는 없다. 영능 같은 사람은 욕심이 큰 만큼 삶에 대한 애착도 크고 깊다.

그는 공력이 끌어 올려질지 않을지 고민하지도 않고 즉각 수라마룡을 향해 오른손을 뻗으며 일장을 발출했다.

파웃—

그의 장심에서 흐릿한 광채가 번쩍이고는 곧 사라졌다. 그것은 마치 장력을 전개하는 것이 실패한 것처럼 보였으나 사실 그것은 소림사 최고의 절학 중에서도 최고라고 꼽히는 반야대심공이다.

'이 자식! 너는 내 손으로 죽인다!'

방금 전까지 공포로 가득 찼었던 가슴속이 수라마룡에 대한 증오와 살기로 가득 찼다.

"……!"

그런데 바로 그때 영능이 조금 전에 느꼈던 그 기운이 다시 세 방향에서 엄습했다.

사람인지 유령인지 그 무엇인지 모르던 그것들이 뿜어내는 바로 그 기운이다.

그리고 조금 전의 뼈아픈 경험에 의하면 그 기운은 곧장 공격으로 이어졌었다.

'불탄강을…….'

영능은 본능적으로 불탄강을 전개해야 한다고 생각했으나 지금은 반야대심공을 발출하고 있는 중이라서 한꺼번에 두 가지 절기를 동시에 전개할 수가 없다.

더구나 조금 전에 불탄강으로 몸을 보호했으나 여지없이 파훼됐었다는 사실이 상기되었다.

'이… 이런 염병할… 나무아미타불…….'

그의 얼굴이 짓밟은 것처럼 일그러지면서 욕설과 불호가 한꺼번에 뒤섞였다.

그리고 그 순간 그는 하나의 엄중한 사실, 즉 자신이 지금 이 순간에 죽을 것이라고 직감했다.

조금 전하고 비슷한 공격이지만 그는 조금 전하고 같은 상황이 아니다.

도무탄과 소연풍, 주천강은 세 방향에서 영능을 향해 내려 꽂히며 공격을 퍼부으면서 이 공격으로 그를 죽일 수 있을 것이라고 확신했다.

그때 문득 주천강이 미간을 슬쩍 좁혔다. 방금 아주 미묘한 그러나 낯설지 않은 흐릿한 기척을 감지한 것이다.

찌는 듯이 무더운 한여름 어느 날에 불어오는 듯 마는 듯 지극히 미미한 한 줄기 미풍을 느끼는 것처럼 감질나게 만드는 아련한 기척이다.

'무정혈룡이다!'

그리고 그것의 정체가 무엇인지 깨달은 주천강은 정신이 번쩍 들었다.

『등룡기』 11권에 계속…

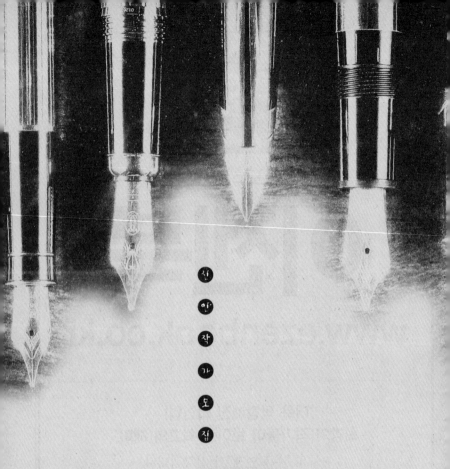

신
인
작
가
모
집

시작이 반이라고 했습니다.
작가의 길에 대한 보이지 않는 벽을 과감히 깨뜨리십시오!
청어람은 작가 지망생 여러분들의
멋진 방향타가 되어드리겠습니다.

저희 도서출판 청어람에서는
소설 신인 작가분들을 모집합니다.
판타지와 무협을 사랑하시는 분들의 많은 참여를 바랍니다.
소정의 원고(A4용지 150매)를 메일이나 우편으로 보내주시면
검토 후 출판 여부를 알려드리겠습니다.

주소:경기도 부천시 원미구 심곡2동 163-2 서경B/D 2F 우편번호 420-822
TEL:032-656-4452 · **FAX:**032-656-4453
http://**www.chungeoram.com**
e-mail:chungeoram@chungeoram.com

천산루

조도형 新무협 판타지 소설

FANTASTIC ORIENTAL HEROES

『궁귀검심』, 『장강삼협』의 작가 조돈형
그가 그려내는 새로운 이야기!

무림삼비(武林三秘)

천외천(天外天), 산외산(山外山), 루외루(樓外樓).

일외출(一外出), 군림천하(君臨天下)!
이외출(二外出), 난세천하(亂世天下)!
삼외출(三外出), 혈풍천하(血風天下)!

가문의 숙원을 위해, 가문을 지키기 위해
진유검, 무림의 새로운 질서를 세우다!

Book Publishing CHUNGEORAM

유행이 아닌 자유추구 -
WWW.chungeoram.com

The Record of

Dragon's Return

재중
귀환록

푸른 하늘 장편 소설
FUSION FANTASTIC STORY

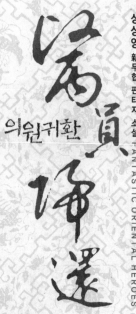

성상영 新무협 판타지 소설
FANTASTIC ORIENTAL HEROES

의원귀환

서른다섯의 의무쌍수 장호,
열두 살 소년으로 돌아오다!

황밀교의 음모를 분쇄하고자 동분서주하던
영웅들은 함정에 빠져 몰살의 위기에 처하고……
죽음 직전 마지막 비법을 위해 진기를 모은 순간,
번쩍하는 빛 뒤에 펼쳐진 곳은
23년 전의 세상.

세상의 위험으로부터 가족을 지키기 위한
의원(?) 장호의 고군분투기!

『더 게이머』의 성상영 작가가
선보이는 귀환 무협의 정수!

Book Publishing CHUNGEORAM

현대백수 장편 소설

FUSION FANTASTIC STORY

간웅

뇌성벽력이 치는 어느 날!
고려 황제의 강인번을 들고 있던
어린 병사가 낙뢰를 맞고 쓰러졌다.

하지만… 다시 눈을 뜬 이는
현대 대한민국에서 쓸쓸히 죽은
드라마 작가 지망생.

고려 무신 시대의 격변기 속에서 눈을 뜬 회생[回生].
살아남기 위해! 죽지 않기 위해!
그의 행보로 인해 고려는 서서히
변하기 시작하는데…….

치세능신 난세간웅(治世能臣 亂世奸雄)!

격동의 무신 시대!
회생, 간웅의 길을 걷다!

Book Publishing CHUNGEORAM

내일을 향해 쏴라

김형석 장편 소설

FUSION FANTASTIC STORY

1만 시간의 법칙!
'성공은 1만 시간의 노력이 만든다'는 뜻이다.

그러나…
사회복지학과 복학생 수.
전공 실습으로 나간 호스피스 병동에서
미지와 조우하다.

1만 시간의 법칙?
아니, 1분의 법칙!

전무후무한 능력이 수에게 강림하다!
맨주먹 하나로 시작한 수의
인생역전이 시작된다!

Book Publishing CHUNGEORAM

청어람(사) 청어람
WWW.chungeoram.com

문용신 新무협 판타지 소설
FANTASTIC ORIENTAL HEROES

한량 아버지를 뒷바라지하며
호시탐탐 가출을 꿈꾸던 궁외수.

어린 시절 이어진 인연은
그를 세상 밖으로 이끄는데……

"내가 정혼녀 하나 못 지킬 것처럼 보여?"

글자조차 모르는 까막눈이지만,
하늘이 내린 재능과 악마의 심장은
전 무림이 그를 주목하게 한다.

"이 시간 이후 당신에겐 위협 따윈 없는 거요."

무림에 무서운 놈이 나타났다!

Book Publishing CHUNGEORAM

유행이 아닌 자유추구 -
WWW.chungeoram.com